ALLEIN GELASSEN

Herstellung und Verlag:
BoD – Books on Demand, Norderstedt
ISBN: 978-3-7519-0122-2

Vorwort:

Mit Eltern aufwachsen, ist für vor allem für kleine Kinder sehr wichtig und sie sollten sehr dankbar sein, wenn sie das Glück haben.

Eine gute Erziehung prägt das Leben, umso wichtiger, wenn sie noch klein und unerfahren sind und die Liebe von Mama und Papa benötigen. Egal was passiert, sie werden ihr Kind immer beschützen und auf den richtigen Weg lenken.

Später wenn der kleine Schützling eingeschult wird und seinen Aufgaben nicht gewachsen ist, Hilfe von den Eltern ist mit Sicherheit zu erwarten.

Es muss eine gute Berufsausbildung gefunden werden, natürlich der Traumberuf, die Eltern werden ihr Kind mit Sicherheit unterstützen und bei der Suche behilflich sein.

Junge oder Mädchen, es hat seinen ersten großen Liebeskummer, Mutter oder Vater werden ihr Kind trösten und helfen darüber hinwegzukommen und Mut machen, für das nächste Abenteuer.

Das Kind bekommt selbst Nachwuchs, die Mutter wird die Erste sein, die ihrem Kind und dem neugeborenen Enkelkind hilft und unterstützt.

Viele Kinder schätzen überhaupt nicht, wenn sie behütet aufwachsen, sie wissen überhaupt nicht, was für ein Glück ihnen beschert wurde. Denn sie können nicht wissen, dass es anders sein könnte? Die Hilfe ihrer Eltern ist für ihnen selbstverständlich.

Kinder ohne Eltern, haben dagegen ein sehr schweres Los, es besitzt keine Familie, die hilft und unterstützt, die Sorgen teilt und tröstet, egal was passiert? Für ihnen ist es nicht selbstverständlich, dass jemand hilft.

Ein Leben im Kloster und danach, ist etwas ganz Anderes, das erzählt Elfriede Denk, eine wahre, dramatische Geschichte.

Peter Fischer

ALLEIN GELASSEN

Gefangen im Kloster

Allein gelassen werden,

ist für manche Menschen
sehr tragisch, aber alleine
Leben zu können, dagegen
ist schön.

Peter Fischer

Kapitel 1

Landshut

Ich wurde als Elfriede Denk in der schönen niederbayrischen Stadt Landshut geboren, am 4.7.1956. Es war ein schönes zu Hause, ich kann mich noch erinnern, dass wir in einem kleinen Haus in einer sehr grünen Umgebung wohnten. Ich hatte einen älteren Bruder Georg, wir konnten dort zusammen spielen, meine Mutter und mein Vater kümmerten sich sehr viel um uns. Später bekam meine Mutter noch Monika, meine jüngere Schwester, jetzt waren wir zu dritt. Es war alles sehr schön, nichts deutete daraufhin, das sich für uns alles ändern würde. Wir waren eine sehr glücklich Familie.

In welchem Beruf oder als was mein Vater gearbeitet hat, das wusste ich natürlich damals nicht, das war mir auch egal, denn uns Kinder ging es gut, wir konnten jeden Tag ausgelassen spielen und Mutter war für uns immer da, wenn wir sie brauchten. Mein großer Bruder war für mich da und er spielte mit mir, meine jüngere Schwester war noch zu klein, um mit uns zu spielen, im Gegenteil, Georg und ich mussten zwischendurch auf meine kleine Schwester aufpassen, das war für mich nicht so schlimm. Wir hatten ein normales, gutes Elternhaus, Georg und ich, wir verschwendeten absolut keinen Gedanken, was uns die Zukunft bringen würde, wir waren jeden Tag draußen und machten mit unseren Freunden großen Unfug, was niemand störte, mit ihnen erkundeten wir die Umgebung und spielten bis in den Abend hinein, wir konnten lachen, wir waren glücklich, nichts war da, was uns traurig machte. Es war eine sehr schöne Zeit.

Wir hatten auch Großeltern, Oma und Opa kamen uns oft besuchen, sie gaben sich sehr viel mit uns ab und brachten immer ein paar sehr schöne Geschenke mit, wir konnten es oft nicht erwarten, bis sie uns wieder besuchten. Auch wir gingen öfters zu ihnen und wir Kinder hatten dort unseren Spaß, wir durften bei Oma und Opa alles machen und wir konnten immer etwas Schönes mit nach Hause nehmen.

Ob meine Mutter und mein Vater noch Geschwister hatten, daran kann ich mich nicht erinnern, es ist seit dieser Zeit so viel geschehen und ich war noch so klein. Ich weiß nur, das noch viele andere liebe Personen uns besuchen kamen, ob sie zur Familie gehörten oder befreundet waren, daran kann ich mich nicht erinnern.

Aber was ich noch mit Sicherheit weiß, dass wir noch einen weiteren kleinen Spielkamerad besaßen, es war unser Hund, wie ich ihn damals nannte, ist leider aus meinem Gedächtnis verschwunden. Mein kleiner Freund war immer bei uns, er war bei jedem Unfug dabei, vielleicht habe ich deswegen immer noch eine große Liebe zu den Vierbeinern und besitze auch heute einen Hund.

Was dann in unserer Familie passierte, habe ich leider keine Erinnerung, warum alles so kommen musste. Mir wurde nur später gesagt, dass meine Mutter sehr schwer krank wurde und angeblich an Krebs gestorben war. Davon bekam ich damals nichts mit, sehr wahrscheinlich hatte meine Mutter ihre Krankheit gut versteckt und unser Vater verheimlichte alles gut, damit wir uns keine Sorgen machen mussten.

Ich kann mich bis heute nicht daran erinnern, das wir auf einer Beerdigung waren, vor allem noch bei Mutters Bestattung. Nichts habe ich davon mitbekommen. Ich war damals drei Jahre alt, mein Bruder war so um die fünf Jahre alt und meine Schwester war noch ein Baby. Die Tragödie begann.

Was ist in unserem Vater nach Mutters Tod vorgegangen, das er so etwas Furchtbares in die Tat umgesetzt hat, ist für mich und sehr wahrscheinlich auch für meine Geschwister nicht nachvollziehbar? Warum hat er das getan, wo hat er sich überall erkundigt, wie hat er die Adressen der drei Klöster herausgefunden? Was hat er sich dabei gedacht, besaß er für uns kein Mitgefühl, hat er nicht gewusst, was dann auf uns zukommen würde, waren wir ihm nichts wert, waren wir ihm total egal, was ist mit unserem Hund passiert? Diese Fragen beschäftigen mich heute noch? Vor allem, warum?

Kapitel 2

Die schlimmsten Tage meines jungen Lebens

Kurz nachdem Mutter von uns gegangen war, sagte mein Vater, wir müssen eine kleine Reise machen und er nahm uns mit zu einem Freund, der uns mit seinem Auto fuhr, er verriet nicht, wo der Freund uns hinfuhr. Ich dachte mir dabei überhaupt nichts, denn ich vertraute meinem Papa.

Was ich nur unter der Fahrt unheimlich fand, mein Vater redete unter der Fahrt kein Wort, sonst machte er immer einen Unsinn und brachte uns zum Lachen. Auf jedem Fall war es für mich, der schlimmste Tag meines Lebens und sehr wahrscheinlich auch der Schlimmste, der meiner Geschwister. Was hat damals meinem Vater bewegt, das in die Wege zu leiten.

Viele Leute würden sagen, der Tod meiner Mutter, war das schlimmste Erlebnis, aber daran kann ich mich nicht genau erinnern, sie war einfach nicht mehr für uns da.

Aber, als ich alleine in dem Kloster war, daran kann ich mich sehr gut erinnern. Ob Monika oder Georg zuerst in einem anderen Kloster abgeben wurde oder ob ich die Erste war, die in ein Kloster gesteckt wurde, das kann ich leider nicht mehr nachvollziehen. Natürlich war sehr wahrscheinlich die Krankheit und der Tod meiner Mutter der ausschlaggebende Grund, dass uns Vater wegbrachte, nur warum ausgerechnet in ein strenges, katholisches Kinderheim für Mädchen, in einem Kloster.

Mein Vater ging mit mir zu einem großen Gebäude, nachdem er geklopft hatte, öffnete sich eine schwere Tür, er übergab mich mit ein paar Worten einer Frau, mit einer komischen Kleidung, die ich noch nie gesehen hatte, es war eine Klostertracht, danach schloss sich die Tür vor meinem Vater. Mir wurde die Situation unheimlich, ich begriff nicht, was gerade mit mir vor sich ging, es war der schlimmste Moment für mich. Eine Tür trennte mich von meinem Vater und ich wusste nicht, warum?

Plötzlich stand ich alleine mit einer Klosterschwester da, sie nahm mich kleines Kind an der Hand und befahl mir, mit ihr zu gehen. Ich begriff nicht, was in diesem Moment mit mir geschah, warum sollte ich ausgerechnet mit ihr gehen? Ich fragte mich, warum geht Papa nicht mit mir mit, wo sind meine Geschwister, ich spielte doch immer um diese Zeit mit Georg?

Warum bin ich plötzlich allein, vor einem kurzen Moment war noch Papa da? Ob damals mein Papa geweint hat, als er mich dieser Klosterschwester übergab oder ob er sich überhaupt verabschiedet hat, darüber kann ich nichts berichten, ich glaube: „Er hat überhaupt nichts gesagt, er hat mich ohne große Worte, dieser Klosterschwester übergeben, eiskalt." Sonst würde ich mich daran erinnern und könnte davon berichten.

Sofort kamen in mir viele Fragen hoch, wo geht die Frau mit mir hin? Was passiert mit mir? Was hat diese Frau mit mir vor? Was tue ich hier? Was soll das? Warum hat sie von mir Sachen an der anderen Hand?

Die Schwester brachte mich daraufhin in einen großen Saal, hier standen viele Betten, ich weiß nicht mehr, wie viele es waren, bestimmt um die fünfzig Betten, überall waren Kinder, aller Altersklassen, plötzlich war es ruhig in dem Zimmer, alle begutachteten mich, ich war die Neue.

Die Schwester zeigte mir ein freies Bett, sie besaß einen sehr harten, befehlenden Ton, sie war überhaupt nicht lieb, alt und eiskalt war sie. Die gefühllose Schwester überließ mich sehr schnell meinem Schicksal, niemand tröstete mich, nichts kam von ihr herüber, ich spürte bei ihr kein bisschen Mitleid. Dann war ich völlig allein. Die anderen Kinder begutachteten mich nur und sagten keinen Ton zu mir. Es herrschte eine unheimliche Stille im Raum, niemand sprach ein Wort.

Ich legte mich einfach auf mein Bett und hoffte, dass mich Papa abholte oder wenigstens Georg zu mir kam, der erste Tag neigte sich dem Ende zu und die Nacht brach herein, niemand kam und holte mich ab. Mein Vater hatte mich einfach allein gelassen.

Ich hatte in der Nacht sehr viel geweint und ich hatte furchtbare Angst, mit mir könnte etwas passieren, jemand könnte mir etwas antun, ich konnte in dieser fremden Umgebung nicht schlafen, niemand war da, der mir die Angst nahm, es war alles so unheimlich und kalt, aber trotzdem hoffte ich, dass er mich gleich in der Frühe abholte, aber niemand kam, auch Georg nicht.

In aller Frühe holten uns die alten Schwestern
unsanft aus den Betten, das ganze vertraute Leben
war auf einmal weg. In mir zerbrach ein Traum,
ich war hier fremd, ich war völlig allein, ich
kannte hier niemand, ich war auf mich allein
gestellt und das mit drei Jahren. Es war nicht das
Leben, das ich kannte, vor allem, das ich nicht
wollte. Ich dachte mir damals, bestimmt holt mich
Papa aus diesem grässlichen Kloster ab, er lässt
mich bestimmt nicht in diesem Heim. Aber ich
täuschte mich.

Wieder und wieder kam die Nacht und niemand
von meiner Familie kam und holte mich hier
heraus. Ich legte mich wieder auf dieses Bett, dass
in einem großen Saal stand, mindestens fünfzig
andere Kinder waren in diesem Saal, diese Kinder
waren mir fremd, ich wollte sie nicht, ich wollte
sie auch nicht kennen lernen, warum kam nicht
einmal mein Bruder mir zu Hilfe, ich habe doch
nichts verbrochen? Ich verstand damals nicht, was
da vor sich ging? Ich verstand die Welt nicht
mehr?

Jede Nacht weinte ich und bekam Alpträume,
niemand kam, um mich zu trösten, es war keine
Mutter und kein Vater mehr für mich da. Die
ganze Lebensfreude, die ich damals zu Hause
hatte, war mir genommen worden. Die anderen

Kinder interessierten mich nicht. Ich hatte nur einen Gedanken, ich will hier raus und wieder nach Hause zu meinen Eltern und zu meinem kleinen Hund.

Aber die Wochen vergingen und nichts hörte ich von meiner Familie, ich hatte nicht einmal meine Spielsachen, mein Hund, mit dem ich spielen konnte, fehlte mir. Ich fühlte mich sehr traurig, mir war alles genommen worden, an was ich gehangen und lieb gewonnen hatte. Mir wurde meine Kindheit geraubt, ich kam mir vor, als wäre ich in einem großen, unheimlichen Gefängnis.

Ich wollte nur noch auf dem Bett liegen und traurig sein, nichts machte mir Spaß, ich hatte keine Lust zu spielen, auch wenn mich andere Kinder dazu aufmunterten. Ich kannte sie nicht, ich wollte nicht mit fremden Kindern spielen oder mit ihnen reden. Nur heim, das war alles, was ich wollte, zu meiner Familie und zu meinem kleinen Hund. Ich glaube, ich habe die ersten Wochen nur traurig dagelegen und geweint, ich denke, ich konnte kaum etwas essen.

Ich wollte nur noch weg, ich fühlte mich hier nicht wohl, in diesem riesigen Kloster, als wäre ich in einer fremden bösen, kalten Welt, ich kannte hier nichts, nicht eine der Klosterschwestern besaß etwas Liebes an sich.

Alles musste auf Befehl gemacht werden. Es war keine Welt für kleine zerbrechlichen Kinder, ich fühlte mich nicht wie in einem Haus Gottes, ich fühlte mich von Gott verlassen und das war auch kein Wunder, das ich mich so fühlte. Im Gegenteil, mir war dieses Kloster unheimlich und meine Angstgefühle wurden immer größer.

Ich bekam schon in den ersten Tag zu spüren, wie es in diesem Kloster auf und zu ging. Es war wirklich nichts, für Kinder die von ihren Eltern verwöhnt wurden, niemals allein waren und ihnen überall geholfen wurde.

So war es dann auch kein Wunder, das ich sehr großes Heimweh bekam, aber, das interessierte den Schwestern überhaupt nicht. Ich denke, dass sie mir nur gesagt hatten: „Das wird schon vergehen, Gott wird dir helfen, darüber hinwegzukommen."

Was sollten sie zu mir sagen, sie wussten, dass ich nie mehr mein Elternhaus betreten konnte? Manchmal habe ich mich heute noch gefragt: „Was hatten sich damals die Schwestern gedacht und gefühlt?"

Aber ich hatte Glück, ich lernte eine nette Schwester kennen, sie war nicht so streng, als die Anderen, ich weiß noch, dass sie Schwester Klementine hieß.

Kapitel 3

Die ersten Jahre in einem Kloster in Regensburg

Wir wollten unbedingt herausfinden in welchem Kloster ich all die Jahre meine Kindheit verbrachte. Obwohl ich öfters mit meinem Mann einen Ausflug nach Regensburg unternommen habe, konnte ich nicht mit absoluter Bestimmtheit behaupten: „Das ist das Kloster, in dem ich eingesperrt war."

Es war ein strenges, katholisches Kinderheim, das in einem Kloster untergebracht war und geleitet wurde. Es könnte vielleicht sein, das ich die Zeit, die ich dort verbrachte, verdrängen wollte, aber alles konnte ich nicht vergessen. Die Außenansicht des Klosters sah ich höchst selten und wenn, dann nur von einer Seite, den Ein und Ausgang.

Ich konnte schon damals, eines nicht verstehen, warum hatte mich Vater ausgerechnet nach Regensburg gebracht, denn es gab in Landshut auch ein Kloster und verschiedene Heime und sie hatten bestimmt freie Plätze? Warum mussten wir drei Kinder in verschiedene Heime gesteckt werden? Drei Kinder, drei verschiedene Klöster, musste das wirklich sein? Es wurden zwar Mädchen und Buben getrennt untergebracht, aber es wäre bestimmt ein Platz für Monika oder Georg vorhanden gewesen.

Regensburg ist wirklich eine schöne Stadt, sie hat eine wunderbare schöne Altstadt und somit sehr viel zu bieten. Aber nicht, für ein verlassenes dreijähriges Kind, das die meiste Zeit eingesperrt, in einem alten Kloster lebt und sich überhaupt nicht auskennt und von den alten, gehässigen Klosterschwestern abhängig ist. Nur wenn sie wollten und mitgingen, durften wir die alten kalten Gemäuer verlassen, das war ein Fest, als wir endlich etwas anderes zu sehen bekamen und die vielen Schaufenster begutachten konnten. Wenn sie gut aufgelegt waren, bekamen wir mal eine Bratwurst bezahlt, an einem der vielen Stände, die es in der Innenstadt gab.

Wehe ein Kind lief nicht so, wie sie das wollten, dann rutschte ihnen schnell die Hand aus. Wie gesagt, liebe Worte oder Lob, war echt eine absolute Seltenheit, mit diesem, waren die Klosterschwestern sehr sparsam. Größere Ausflüge wurden niemals genehmigt, wir kamen in dieser Zeit überhaupt nicht aus Regensburg heraus, nicht einmal ein Zoobesuch, nichts wurde für uns unternommen, die Stadt und das Kloster waren, das einzige was wir kannten und keinen Schritt weiter.

Alles lief nach einem genauen Zeitplan ab, schon in aller Frühe stand eine Schwester an der Tür, mit einer Glocke, sie war furchtbar laut, wir mussten alle schnell aus dem Bett hüpfen und uns daneben stramm aufstellen, danach musste andächtig gebetet werden. Wir konnten keine Kissenschlacht oder ähnliches machen, wir wurden nur gedrillt und wehe, wir taten nicht das, was ein Teufel in Schwesterntracht von uns verlangte, dann gab es kräftige Ohrfeigen, es machte ihnen überhaupt nichts aus, zehn Mädchen nach einander zu schlagen, in dieser Disziplin hatten sie ein großes Durchhaltevermögen.

Ich kam mir vor, als wäre ich in der Bundeswehr, dieser Drill wäre bestimmt nicht so arg gewesen, als der in diesem katholischen Kinderheim.

Danach schaute die Schwester die Betten an und hatte ein Kind ins Bett gemacht, bekam dieses kleine Mädchen Prügel und dann musste sie mithelfen ihr Bett neu beziehen.

Sich Waschen, Zähneputzen und natürlich pünktlich beim Frühstück da sein, das war in diesem Fall oberstes Gebot, jedes Mädchen besaß seinen eigenen Sitzplatz, der unbedingt eingehalten werden musste, obwohl man lieber bei einer Freundin sitzen wollte.

Jeden Tag mussten wir danach in die Frühmesse gehen, das war furchtbar für mich, warum sollte ich jeden Tag in die Kirche gehen. Aber die Schwestern passten gewissenhaft auf, damit kein Mädchen fehlte. Danach war Mittagessen, natürlich pünktlich um zwölf Uhr und ich musste auf meinem Sitzplatz sein. Alles wurde gewissenhaft kontrolliert.

Wenn zwischendrin noch etwas Zeit war, konnten wir kurz zusammen spielen. Aber es waren kaum Spielsachen vorhanden, selbst mit Puppen waren sie sparsam, die schon sehr mitgenommen aussahen. Deswegen gab es oft Streit, die Folge war, dass wir von den Schwestern noch obendrein eine Ohrfeige bekamen. Oft mussten wir das spielen, was die Schwestern vorgaben, es war auch kein Wunder, es war kaum etwas vorhanden mit dem wir uns selbst beschäftigen konnten. Es war ein sehr trauriger Spielplatz.

Meistens am Wochenende nach dem Mittagessen konnten wir ein bisschen Spielen, aber nur so lange es zugelassen wurde, wenn es am schönsten war, unterbrachen die Schwestern unser Treiben und wir mussten wieder in die Räume gehen und das tun, was sie von uns verlangten. Freizeit und Freiheit, diese Wörter kannten die alten gehässigen Klosterschwestern nicht. Ich glaube, sie hatten großen Spaß daran, uns zu schikanieren und zu quälen.

Das Abendessen war die gleiche Schikane, wie die zur Mittagszeit. Wir mussten genau um 18 Uhr zu Tisch sein. Dann kam eine Schwester und wir mussten erst ein paar Gebete sprechen, die sie von uns verlangte. Wehe sie sah, dass ein Kind nicht richtig betete oder Unfug machte, sofort bekam sie eine Strafe, in Form einer Ohrfeige oder sie musste sich in eine Ecke stellen. Leider war es so, dass die anderen Kinder den Bestraften auslachten, was für das arme Kind sehr deprimierend war. Ich bekam schon mit drei Jahren den gemeinen Drill des Klosters zu spüren.

Von Mama oder Papa bekam ich nie eine Ohrfeige oder Schläge, aber in diesem Heim umso mehr. Wenn es möglich war, ging ich manchen Schwestern aus dem Weg, schon in diesem Kindesalter, hasste ich gewisse Schwestern, von denen ich öfters verprügelt wurde. Diese Schwestern machten sich noch einen Spaß mit mir, wenn sie an mir vorbeiliefen, zuckten sie mit dem Arm so, als wollten sie im Vorbeilaufen mir eine Ohrfeige verpassen. Warum machten sie so etwas, wahrscheinlich wollten sie mich einschüchtern, damit ich vor ihnen Angst bekam und ihnen aufs Wort folgte, mit anderen Kindern machten sie das Spiel genauso.

Selbst, das zu Bett gehen, musste nach einem genauen Zeitplan geschehen. Pünktlich um 21 Uhr wurde es dunkel in unserem Saal und es musste totale Stille herrschen. Aber zuerst mussten wir uns vor dem Bett aufstellen und mit einer Schwester ihre Nachtgebete sprechen. Ich hasste dieses Zeremoniell, bei jedem Anlass mussten wir beten, ich dachte mir oft, könnten wir das nicht einmal auslassen. Aber nein, es war ein Befehl und darum mussten wir alle, absoluten Gehorsam leisten.

Ich fragte mich oft, musste das wirklich sein, wir waren doch noch Kinder? Verstanden wir überhaupt, was sie da jedes Mal von uns wollten und für wen und warum wir das machen sollten? Ich hatte das Zeremoniell, nur als eine reine Schikane der Schwestern gehalten.

Natürlich bekam irgend ein Mädchen, das sie sich ausgesucht hatten, eine kräftige Ohrfeige, das war vor dem Bettgehen ganz normal, wollten sich die Klosterschwestern, damit Respekt verschaffen, damit in dem großen Saal Ruhe einkehrte oder wollten sie ihre eigene Aggression abbauen. Es hätte sich auch so, kein Kind getraut, die Schwester zu verärgern.

Als wir danach in unsere Betten verschwunden waren, schaute sie nach, ob wirklich alle Kinder brav und ruhig dalagen. Wehe nicht, dann bekamen wir zusätzlich, die bekannte Strafe, aber zur Abwechslung, wurden auch Kopfnüsse verteilt, die Ohren langgezogen, die gemeinen Schwestern waren in diesem Fall oft sehr einfallsreich, ich konnte mir nicht vorstellen, woher sie diese Fantasien bekamen, aber Gott gab sie ihnen bestimmt nicht?

Geheult werden durfte nicht, das war für die Schwester eine Ruhestörung, denn dann konnte die edle Klosterprinzessin nicht schlafen, dann schrie sie uns alle an und drohte mit sehr gemeinen Strafen, bis das letzte Kind zu weinen aufhörte. Diese Klosterschwestern besaßen wirklich kein bisschen Mitgefühl oder Mitleid für uns Kinder, selbst Tiere werden oft besser behandelt.

Wer glaubt, wir hatten dann unsere Ruhe vor dieser gemeinen Schwester, der hatte sich gewaltig getäuscht. Nein die verschwand nicht aus unserem Zimmer. Am Ende des Saales war ein kleines Podest, mit Vorhängen herum, hier verschwand sie, wenn sie glaubte, das alles Ruhig und in Ordnung war, dann zog sie sich dahinter aus und legte sich dort in ihr eigenes Bett.

Wenn eines der Kinder glaubte, es könnte die Nachtruhe stören und einen kleinen Scherz machen oder einen anderen Unfug und die alte Hexe stehe deswegen nicht mehr auf, das Mädchen hatte sich gewaltig getäuscht, flink hatte sich die Schwester komplett wieder angezogen, ohne ihre Tracht bekamen wir die Schwestern nie zu sehen.

Schnell war sie bei dieser Ruhestörerin und diese hatte wahrlich nichts zu lachen, denn es war eine Höchststrafe die Nachtruhe der Klosterschwester zu stören, oft bekamen wir die Strafe gemeinsam ab. Sie zog das Mädchen an den Ohren hoch, bis sie im Bett stand, diese Klosterschwestern waren zu uns Kinder sehr brutal. Heulte sie daraufhin, dann bekam sie noch ein paar kräftige Ohrfeigen hinterher, bis sie zu heulen aufhörte.

Wenn so etwas vorkam, hatte ich große Angst,
denn die Schwester war in so einem Fall, danach
immer sehr zornig, brüllte furchtbar herum, diese
Schwestern waren so ekelhaft, das kann man sich
gar nicht vorstellen, furchtbare Drohungen schrie
sie zum Schluss in den Raum und setzte sie dann
doch noch um. Danach ging sie in ihr Podest
zurück, als wäre nichts gewesen. Aber bei uns
Kindern blieb die Angst zurück.

 Danach verschwand sie wieder hinter den
Vorhängen und legte sich wieder zur Ruhe und sie
duldete natürlich keine weitere Störung. In
solchen Nächten konnte ich sehr schlecht
schlafen, ich hatte immer eine so große Angst, das
ich sehr oft Alpträume davon bekam. Es war nicht
immer dieselbe Schwester, die in unserem Saal
übernachtete, sie wechselten sich regelmäßig ab
und diese Schwester übernahm in der Frühe unser
unsanftes wecken, dass wir gemeinsam hassten,
wie alles in diesem kalten Gemäuer. Natürlich
folgte ein Morgengebet, obwohl ich noch nicht
richtig wach war.

Ich war sehr froh, wenn Schwester Klementine die Nachtruhe überwachte, dann wusste ich, dass die Nacht sehr ruhig verlief, ich schlief in diesen Nächten viel besser, denn ich brauchte keine Angst haben und somit bekam ich auch keine Albträume.

Auch meine Kameradinnen mochten diese Frau, deswegen wollten wir sie auch nicht ärgern. Damit sie weiter zu uns nett war. Wenn ich etwas brauchte oder wissen wollte, suchte ich sie überall, bis ich sie fand und hoffte, dass sie mir hilft und meistens bekam ich dann das Erwünschte. Schwester Klementine war unter uns Kinder sehr beliebt, das störte den anderen Schwestern und sie versuchten sie zu beeinflussen, das sie allerdings nicht zuließ.

Das, was sich heute kein junger Mensch vorstellen kann, wir kannten kein Fernsehgerät, kein Radio, keinen Computer und kein Handy, nichts besaßen wir, absolut kein einziges eigenes Spielzeug. Nur die paar verschlissenen Sachen, die an den Spielplätzen herumlagen und für dieses alte Zeug mussten wir noch streiten oder kämpfen. Gesellschaftsspiele, das durften wir tun, sofort waren die alten, bösen Schwestern dabei, das war was für sie, das wollten wir allerdings nicht, wir konnten in diesem Heim kaum etwas alleine tun, wir konnten nirgends für uns allein sein. Sie machten für uns gar nichts und trotzdem mussten sie überall ihre Nase reinstecken. Das war echt furchtbar, das kann man sich gar nicht vorstellen? Am liebsten hätten sie uns alles verboten, was uns Spaß bereitete.

Als ich ein paar Jahre in dem Heim hinter mir hatte, war ich immer noch sehr traurig. Den ich vermisste natürlich noch immer mein zu Hause, ich konnte es nie vergessen.

Aber was mich noch trauriger machte. Ich bekam nicht einmal einen Besuch. Mein Vater und Georg schauten nicht einmal nach mir und fragten nach, wie es mir in dem scheiß Kloster geht. Von meiner kleinen Schwester konnte ich so etwas nicht erwarten. Ich fragte mich oft, wie es ihnen jetzt wohl geht. Ich konnte zu diesem Zeitpunkt noch nicht wissen, dass Monika und Georg in einem anderen Heim steckten, wahrscheinlich mussten sie das gleich Schicksal erleiden, wie ich.

Manchmal, wenn ich in der Nacht an sie dachte und an meinem kleinen Hund, musste ich immer noch weinen. In diesem Kloster heilte die Zeit keine Wunde, sie brach immer wieder auf und sie wird sich nie ganz verheilen.

Als ich dann etwas älter wurde, mussten wir immer mehr Dinge selbst übernehmen, wie zum Beispiel, die Betten machen. Beim Tischdecken mithelfen und noch viele weitere Kleinigkeiten. Gott sei Dank wurde ich meistens verschont, andere Kinder mussten in der Messe mithelfen. Das hätte mir gerade noch gefehlt.

Wir waren schon etwas größer und älter, deswegen bekamen wir ein paar alte vergilbte Bücher hingeschmissen und wir sollten lesen lernen, das machte mir überhaupt keinen Spaß. Die alten Schwestern hatten mit uns keine Geduld, wenn wir nicht gleich alles beherrschten, wurden wir an den Ohren gezogen oder wir bekamen eine Kopfnuss, eine der alten Schwestern sagte zu mir: „Das fördert das Denkvermögen." Diesen ungeduldigen Schwestern sollten wir, genauso öfters auf den Kopf klopfen.

Aus einer Bibel und anderen Kirchen Bücher sollten wir vorlesen, das gefiel mir überhaupt nicht, das waren keine Kinderbücher, es waren keine lustigen Geschichten, so machte lernen keinen Spaß. Diese Schwestern waren natürlich keine gelernten Pädagogen und genauso gingen sie mit uns um. Lernen mit Ohrfeigen und Kopfnüssen, was anderes kannten die alten Schwestern nicht. Je mehr sie auf uns

einprügelten, umso schneller lernen wir das
Lesen, das glaubten, die alten Klosterschwestern
wirklich?

Was für uns Mädchen nicht so toll war, wir
mussten alle die gleiche Kleidung tragen, es war
sozusagen die Klostertracht, wir besaßen nichts
Anderes, was wir anziehen konnten. Es war eine
furchtbare Tracht und neu war sie auch nicht, wer
weiß, wie viele andere Kinder diese Kleidung
schon vor mir getragen hatten, aber was soll es,
wir konnten das alte Gemäuer, ohne diese alten
Weiber nicht verlassen und was sollten wir
machen, wir konnten nicht in ein Geschäft gehen
und andere Klamotten kaufen, wir besaßen kein
eigenes Taschengeld, wir hatten noch nie eine
Münze oder Geldschein zu Gesicht bekommen.

Was dem Fass den Boden ausschlug, wir
bekamen, alle eine Einheitsfrisur, dieser Schnitt
war furchtbar, so etwas gäbe es heute nicht mehr.
Selbstverständlich kam kein Friseurmeister zu uns
und schnitt die Haare und wir durften keinen
Friseurladen besuchen.

Die alten Klosterweiber schnitten an unseren Haaren selbst herum, dementsprechend schauten unsere Köpfe aus. Die Mädchen, die sie nicht mochten, frisierten sie extra schlecht, sie verschnitten sich halt und sagten, das wächst schon wieder nach. Einen Nachttopf aufsetzen und drumherum schneiden, würde auch nicht schlechter ausschauen. Ich möchte die alten Weiber hören, wenn wir ihnen so miserable die Haare geschnitten hätten, sie würden sich sehr wahrscheinlich, wie Furien aufführen?

Aber unter ihren Hauben, sah man nicht eine Haarsträhne, die Haarfarbe konnte man somit nicht erkennen, darum hatten die Schwestern sehr wahrscheinlich so ein strenges Aussehen.

Ein Arztbesuch war tabu und es kam auch kein Arzt ins Haus, kein Kinderarzt, kein Hausarzt, kein Zahnarzt, wir hatten absolut keine ärztliche Versorgung. Ich kann mich nicht erinnern, das ich einmal einen Arzt zu sehen bekam.

Ich bekam, als Kind einmal schlimme Ohrenschmerzen, was war, ich musste die Schmerzen einfach aushalten, nichts wurde unternommen, ich bekam nur zu hören: „Das wird schon wieder vergehen." Zahnschmerzen, ich bekam öfters Zahnschmerzen, nichts unternahmen sie, ich bekam höchstens von einer bösen Schwester eine an die Backe, damit ich meinen Mund hielt und nicht weiter jammerte.

Es gab absolut keine ärztliche Versorgung, keine Impfung oder Vorsorgeuntersuchung, keine Tabletten, nicht einmal für Schmerzen, nichts hatten sie für uns übrig, nur Prügel damit wir den Mund hielten.

Wollten sie mit uns nicht zu einem Arzt gehen oder durften sie nicht? Sehr wahrscheinlich hätten sie dann den Arzt bezahlen müssen und das wäre bestimmt von der obersten Stelle nicht genehmigt worden. Also mussten wir Mädchen die Schmerzen aushalten, wenn wir zu arg jammerten, dann bekamen wir höchstens noch eine Ohrfeige zu spüren, das kam innen billiger, das war die wahre Liebe, der Klosterschwestern.

Wir Mädchen waren den Frauen komplett ausgeliefert, natürlich war das für uns sehr frustrierend. Die Flucht ergreifen, dass, war immer in meinem Kopf und nach Hause laufen, aber wie sollte ich das anstellen, ich war noch zu klein, ich wäre sehr wahrscheinlich nicht weit gekommen. Die Prügelstrafe, die ich daraufhin erhalten hätte, wollte ich mir gar nicht vorstellen. Ich wusste es und trotzdem wollte ich es immer noch nicht verstehen, dass ich nie mehr nach Hause konnte, wer weiß, was mich erwartet hätte.

Als ich etwas größer war, wollten wir regelmäßig den bösen, gemeinen Schwestern etwas anstellen, wir überlegten uns gemeinsam, was wir den alten Weibern antun können, besonders wenn wir ungerecht bestraft wurden, unsere Wut auf sie, machte uns oft sehr erfinderisch. Diese Strafen von ihnen waren an der Tagesordnung. Man hätte glauben können, sie hatten wetten laufen, wer die Kinder am meisten bestraft, vielleicht machten sie eine Strichliste, wer die meisten Strafen austeilt, nur die konnte die beste Schwester sein.

Wer sich bei den Klosterfrauen einen gemeinen Scherz erlaubte, dieses Mädchen war bei uns natürlich die große Heldin des Tages, aber meistens zogen wir hinterher den kürzeren, wir bekamen eine umso größere Strafe. Wenn andere Mädchen noch darüber lachten, umso wütender waren die Klosterweiber und sie griffen umso härter durch, bis die Übeltäterin verraten wurde und sie wurde extra hart bestraft. Zum Beispiel mit Schlägen und Spielverbot oder sie wurde für eine Zeit isoliert eingesperrt, diese bösen Schwestern fiel immer etwas Neues ein, um uns zu bestrafen.

Wenn ich in der Frühe aufstand, musste ich mich oft Fragen, was kommt heute wieder auf mich zu. Was haben sich die Frauen heute für uns Mädchen ausgedacht? Wie oft bekomme ich heute eine Ohrfeige und eine Kopfnuss oder überlegten sie sich etwas Neues? Die Tage waren sehr rar, an denen die Schwestern gut gelaunt waren und mit uns etwas Schönes unternahmen.

Da ich ein paar Jahre älter war, freundete ich mich mit ein paar Mädchen an, die Jungs bekamen wir nie zu sehen, sie wurden in einem anderen Haus nebenan eingesperrt und deswegen konnten wir mit ihnen nie spielen oder sie kennenlernen, auch später nicht.

Unter uns Mädchen bildeten sich richtige Cliquen, diese kleineren Gruppen rivalisierten sich, es gab immer einen Kampf um die Vormacht, meistens war es so, welche Gruppe darf die paar alten Spielsachen benutzen.

Natürlich wollten sich die Schwestern, als die gerechten Frauen hinstellen, wenn es unter den Cliquen Streit gab, aber sie bestraften meistens die unterlegene und brachten somit nur noch mehr Rivalität auf, machten sie das mit Fleiß?

Aber so im Großen und Ganzen, machten sie mit uns gar nichts, ich glaube, wir waren ihnen total egal. Hauptsache wir brauchten von ihnen nichts, dann waren wir für sie gute Mädchen. Wie es bei den Jungs war, das kann ich nicht beurteilen, aber bestimmt auch nicht viel besser?

Vielleicht gingen sie mit uns extra so hart um, damit wir uns nicht trauten, etwas zu sagen und somit von ihnen nichts wollten oder unsere Wünsche äußerten. Damit die dominanten Frauen ihre Ruhe hatten und sagen konnten, wir haben gut erzogene Kinder.

Aber die Zeit schritt schnell dahin und ich kam immer näher an das Schulzeitalter, ich wusste bis zu diesem Zeitpunkt nicht, wie und wann ich in die Schule musste, ich dachte mir, wenn es genauso, als in dem katholischen Kinderheim abläuft, dann will ich nicht in die Schule gehen, dann wäre es besser ich bleibe da, wo ich bin und will lieber nichts lernen, denn ich werde hier nie mehr herauskommen. Ich fühlte mich wie in einem Gefängnis, ich fühlte mich total isoliert von der Außenwelt, ich bekam absolut nichts mit, was außerhalb des Klosters so ablief.

Was mir in Laufe der Jahre auffiel, nicht nur ich bekam keinen Besuch, sondern die anderen Kinder bekamen auch keinen. Natürlich unterhielt ich mich mit meinen Freundinnen darüber und sie verstanden genauso wenig, warum sie von ihren Eltern einfach verlassen wurden und warum sie hier eingesperrt waren. Wir waren uns einig, im Prinzip waren wir alle auf uns alleine gestellt, obwohl wir in einem Kloster zu Hause waren, die Klosterschwestern bis auf eine Ausnahme waren unsere Feinde und die wollten wir richtig ärgern. Die Frauen gaben uns keine Auskunft über unsere Eltern und Geschwistern, sie ließen uns total im Ungewissen, warum machten sie das?

Was hatten meine Freundinnen und ich, die Schwestern wussten, dass wir von ihnen abhängig waren, ohne ihnen konnten wir nichts unternehmen. Wir konnten uns nicht mehr bewegen, wie Strafgefangene, die Klosterräume und der dazu gehörige Garten, das war alles, was wir zur Verfügung hatten, der mit hohen Mauern abgegrenzt war. Fliehen konnten wir nicht, denn die Schwestern, waren die Gefängniswärterinnen, es fehlte nur noch, das sie Waffen unter ihre Kutten trugen. Aber ihr Mundwerk und ihre brutalen Hände reichten für uns aus. Von Jahr zu

Jahr wurde meine Meinung von diesem Kloster immer schlechter.

Die Einschulung rückte immer näher und die Klosterfrauen bereiteten mich nicht vor, in die Schule zu gehen, nur, dass ich ein wenig lesen lernte, meine gleichalterigen Freundinnen erging es kein bisschen besser. Wir wussten nicht einmal unseren ersten Schultag. Mit was hatten wir das verdient?

Bis zu meinem ersten Schultag hatte ich nicht einmal ein Geschenk bekommen, ich hatte nicht einmal meinen Geburtstag gefeiert, nicht einmal wurde mir zu meinem Geburtstag gratuliert und bin herzlich in den Arm genommen worden. Nicht einmal wurde eine Ausnahme gemacht, das ich einmal ein besseres Essen und ein paar Süßigkeiten bekam.

Weihnachten erging es uns nicht besser, niemand bekam ein Weihnachtsgeschenk, nicht einmal, ein kleines Taschengeld, das wir uns ein paar Süßigkeiten kaufen konnten, Schokolade, Lakritze oder andere Süßigkeiten, so etwas kannten wir überhaupt nicht.

Wir saßen an den Weihnachtsfeiertagen
zusammen und sangen Weihnachtslieder und
beteten viele Gebete, wir gingen zweimal am Tag
in die heilige Messe. Wir verstanden zuerst nicht,
warum mussten wir schon um sieben Uhr ins Bett
gehen. Aber, als die Glocke kurz vor Zwölf
klingelte, ließ uns schnell eine bittere Ahnung
aufstehen, wir brauchten uns nicht vor dem Bett
aufstellen, schnell anziehen, das wurde von uns
verlangt und dann kam es noch schlimmer, wir
gingen zur Mitternachtsmesse.

An den Feiertagen wurden wir um Mitternacht
aus den Betten geholt und mussten so müde, wie
wir waren, in die blöde Messe gehen, reichte es
nicht, das wir mehrmals am Tag in der Kirche
waren, ich würde behaupten, das war für uns nur
eine reine Schikane.

Was das einzige Gute war, wir bekamen ein sehr
gutes Weihnachtsessen, das war das einzige
Schöne, an diesen Tagen und als Süßigkeit
bekamen wir ein wenig Marzipan ab.

Silvester verlief auch nicht besser, wir machten
am Abend viele Gesellschaftsspiele und mussten
genauso schon um sieben Uhr im Bett
verschwinden, wir hatten natürlich eine böse
Vorahnung und diese bestätigte sich. Kurz vor

zwölf Uhr klingelte es laut im Schlafsaal und wir wurden unsanft aus unseren Betten getrieben. Wir gingen daraufhin in die Kirche und es war fürchterlich, ich glaubte, in dieser Nacht, diese Messe würde nie mehr enden, sie kam mir unendlich vor. Es war für uns alle eine kurze Nacht.

Natürlich wurden wir am Neujahrstag, sehr früh aus den Betten getrieben, wir waren alle sehr müde, damit wir gemütlich frühstücken konnten und danach mussten wir gemeinsam in die Neujahrsmesse gehen. Ich dachte mir an diesen Feiertagen und den dazugehörigen Messen, was haben wir Kinder verbrochen, wir können doch nicht nur beten und in die Kirche gehen, wir wollten doch auch mal etwas anderes mit unseren Freundinnen erleben.

Ostern verlief nicht viel anders, als die Weihnachtsfeiertage. Wir konnte kein Osternest suchen, wir bekamen keinen Osterhasen aus Schokolade, beten und öfters in die Messe gehen, war angesagt. Meine Freundinnen und ich, wir freuten uns nicht auf Weihnachten, Ostern, Pfingsten, denn wir wussten, was auf uns zukommen würde, denn wir verbrachten viel mehr Zeit in der Kirche, als sonst, nur das die Messe, jedes Mal einen anderen Namen hatte, das uns

Kinder keinen Spaß bereitete. Uns ekelte es schon Wochen vorher, wenn die Zeit kam.

Pfingsten war auch so ein gemeines Datum für uns Klosterkinder, an diesen Feiertagen verbrachten wir auch viele Stunden mit beten und in die Kirche gehen. Andere Kinder freuten sich an diesen Feiertagen mit ihren Eltern, Geschwistern oder Freunden spielen zu können und wir Klosterkinder wurden bestraft mit den Schikanen der Schwestern.

Diese Feiertage waren nicht die einzigen Tage, an denen wir Mädchen mit mehreren Messen und beten gequält wurden. Mai und Oktober waren Monate, mit denen ich auf Kriegsfuß stand. Mai Andachten hasste ich und warum wir gerade im Oktober, so oft in die Kirche musste, verstand ich damals nicht, heute weiß ich, dass es mit dem Erntedankfest zu tun hatte, aber das interessierte mich damals nicht. Wir mussten den Rosenkranz in dieser Zeit so oft beten, dass ich ihn später nicht einmal mehr hören konnte, warum musste es so oft sein, dachte ich mir, es würde doch einmal reichen. Aber da mussten wir Kinder durch, ob wir wollten und oder nicht, eigentlich wollten wir nie.

Jedes Jahr, wenn der Fasching seinen Höhepunkt erreichte waren die Schwestern wie ausgewechselt und wollten mit uns eine Party machen. Ich konnte es die ersten Jahre gar nicht glauben, denn das ganze Jahr waren die Schwestern mit uns streng und böse. Statt Kirche durften wir ein paar Tage mit ihnen eine Faschingsfete machen. Es war meistens der Samstag, Faschingssonntag, Rosenmontag und Dienstag.

Sie waren plötzlich wie ausgewechselt, freundlich und nett, sie holten alte, verstaubte Maskeraden hervor und wir konnten sie anprobieren, die Faschingskleidung die wir zur Anprobe bekamen, erst glaubte ich, dass es echte Kleidungsstücke waren, den sie waren so alt, das sie ohne weiteres aus dem Mittelalter sein könnten, sie lachten und konnten sogar Witze machen. Wenn die Maskerade passte, halfen sie sogar beim Schminken, bis alles perfekt war. Dann ging es los, es wurde Musik gemacht, getanzt und geschunkelt, es gab sogar etwas zu knabbern. Es waren die schönsten Abende des ganzen Jahres. Es wäre schön gewesen, wenn solche Tage im Jahr öfters vorgekommen wären. Aber am Faschingssonntag mussten wir trotzdem in die Kirche. Das konnten wir in dem Fall gut wegstecken.

Am Aschermittwoch ging die beschissene Zeit wieder los. Beten und Kirche war wieder angesagt und die Fastenzeit begann, bis Ostern gab es nur noch ein beschissenes Essen, für uns Kinder war dies wirklich ein totales Fasten. Es gab sehr oft Brotsuppe oder andere Suppen, bei diesen Suppen konnte man durchschauen, die ganze Fastenzeit, gab es nie Fleisch, Wurst oder Käse, es war eine wirklich magere Zeit, jeden Tag knurrte mir der Magen. Wenn es einmal Gemüse gab, war das für uns ein Festtag. Wir sehnten uns immer danach, dass die Fastenzeit schnell zu Ende war und die Osterfeiertage vorüber waren. Wir waren noch Kinder, wieso mussten wir Fasten, ich kann das nicht verstehen. Das war eine große Erlösung!

Kapitel 4

Die ersten Schuljahre

Am Abend kurz vor dem Schlafen gehen, kamen die Schwestern auf mich zu und richteten mit mir meinen Schulranzen zusammen. Es war ein alter abgenutzter Lederranzen, den man auf den Rücken trägt. Es waren nicht viele Schulutensilien vorhanden, die neu waren, die meisten Sachen waren bestimmt genauso alt, als mein Schulranzen selbst. Jetzt erst erfuhr ich, das ich am nächsten Tag meinen ersten Schultag hatte. Schwester Klementine war es, die mit mir meine Sachen für den großen Tag zusammen suchte und in den Schulranzen tat, dabei erklärte sie mir vorsichtig einige Gegenstände.

Sie sagte zu mir: „Das sich ab jetzt, einiges in meinem Leben ändern würde." Ich fragte mich damals: „Was soll sich da schon ändern, ich muss trotzdem in dem alten Kloster bleiben und die alten bösen Schwestern verschwinden auch nicht aus meinem Leben, was soll dann das blöde Geschwätz."

Aber als sie dann sagte: „Wenn du mit der Schule fertig bist und etwas gelernt hast, kannst du dein eigenes Leben beginnen." Ich horchte auf und ich glaube, es war der erste Satz in meinem kindlichen Leben, den ich mir gemerkt habe. Schwester Klementine brachte mich nach einem Gebet in mein Bett und wünschte mir einen guten Schulanfang. Ich glaube, ich bekam in der Nacht, damals den schönsten Traum, den ich je in meiner Kindheit hatte, ich war für immer frei und konnte leben, wie ich wollte, nur der Traum endete mit der grausamen Glocke in aller Frühe.

Schnell war die Nacht vorüber, mein schöner Traum wurde unterbrochen und ich wurde schon um 6 Uhr morgens aus dem Bett geholt. Nach einem Gebet musste ich mich frisch machen und gleich danach zu einem gemeinsamen Frühstück gehen. Das erst wieder mit einem Gebet begann. Bevor wir zur Schule aufbrachen, beteten wir noch einmal. Kurz nach 7 Uhr brachen wir gemeinsam auf, natürlich liefen ein paar alte Klosterfrauen mit, damit wir ja nicht davon laufen konnten und gut in der Schule ankamen. Es liefen auch ältere Schülerinnen aus unserem Kloster mit.

Wir hatten keinen allzu langen Schulweg, wir waren bald in der Schule, eine der Schwestern brachte mich in unser Klassenzimmer und übergab uns der Lehrerin. Viele der neuen Schüler standen noch vor der Schule mit einer großen Schultüte, sie besaßen eine schöne private Kleidung und wurden noch ein paar Mal fotografiert, danach wurden sie von ihren Eltern der Lehrerin übergeben. Sie wurden noch von ihrer Mutter mit einem lieben Abschiedskuss auf die Wange verabschiedet. Ich schaute diesem Schauspiel neidisch zu, mir standen zeitweise Tränen in den Augen und was machte ich, ich dachte an mein ehemaliges zu Hause.

Was hatte ich, es saß nur meine beste Freundin neben mir. Wir bekamen keine Schultüte, wir wurden nicht von unserer Mutter verabschiedet, wir wurden nicht fotografiert und wir hatten nur die alte Klostertracht an und dazu eine beschissene Frisur, die konnte ich selbst nicht ausstehen. Als ich mich im Klassenzimmer umsah, musste ich wieder neidisch werden. Alle hatte eine schöne gepflegte Kleidung an und eine modische Frisur. Meine Freundin und ich, wollten am liebsten im Erdboden versinken, wir schämten uns. Wir wurden sofort von den anderen Schülerinnen begutachtet.

Kurz darauf stellte sich die Lehrerin vor und wollte alle Schülerinnen kennenlernen, wir waren natürlich eine reine Mädchenklasse. Diese Lehrerin war viel netter, als unsere Klosterschwestern, allerdings brauchte sie sich in dieser Hinsicht nicht groß anstrengen.

Schon in der ersten Pause bemerkten wir, dass meine Freundin und ich, in dieser Schule Aussätzige waren, niemand wollte mit uns etwas zu tun haben. Wir sahen, dass andere Schülerinnen und Schüler sich angeregt unterhielten, dann lachten sie und schauten direkt zu uns herüber, das war sehr deprimierend für uns. Was konnten wir dafür, dass wir in diesem blöden Kloster untergebracht waren und das wir so eine einheitliche Tracht tragen mussten? Kein Mädchen und kein Junge wollte sich mit uns abgeben, geschweige sich mit uns unterhalten.

In der Pause auf dem Schulhof, waren Mädchen und Jungs gemischt, alle Schulklassen waren dort vertreten. Nach der Pause gingen wir wieder in unser Klassenzimmer zurück und die Schülerinnen, die schon saßen, lachten sofort, als wir den Raum betraten, jetzt wussten wir mit Gewissheit, dass wir in dieser Schule nicht angesehen waren, wir wurden dort nicht akzeptiert, wir waren ausgegrenzt.

Unsere Lehrerin fing sofort an, mit uns Lesen und Schreiben zu üben. Wieder bemerkten wir, dass einige Schülerinnen uns weit voraus waren, das einige schon vor der Schulzeit richtig gelernt hatten. Natürlich gab es auch andere, die noch gar nichts beherrschten.

In der zweiten Pause kamen doch ein paar Schülerinnen auf uns zu und aber sie schnauzten uns nur an: „Geht in euer Kloster zurück, ihr habt hier nichts verloren, ihr gehört nicht hierher, schaut euch doch einmal an, wie ihr ausschaut, wie die letzten Penner läuft ihr herum, so würde ich mich nicht aus dem Haus trauen."

Meine Freundin und ich waren geschockt, wir wollten am liebsten davonlaufen, aber gerade das bemerkten ein paar andere Mädchen aus unserem Kloster, die schon ein paar Schulklassen absolviert hatten und sie trösteten uns und nach der Pause begleiteten sie uns, in unser Klassenzimmer und berichteten von dem Vorfall der Lehrerin.

Die Lehrerin knöpfte sich nicht die einzelnen Mädchen vor, sondern, erklärte der ganzen Klasse über uns Klostermädchen auf, das wir sonst kein zu Hause und keine Eltern haben und dort leben müssen. Danach ging der Unterricht weiter, aber trotzdem tuschelten und lachten ein paar Schüler über uns weiter.

Als die Schule aus war, dachten wir, dass wir alleine zurücklaufen können. Aber nein, ich sah sofort die alten Klosterkutten, sie standen schon da und sammelten ihre Schützlinge ein, sie wussten genau, wie viele Schülerinnen es waren. Andere Schwestern warteten auf die Knaben. Sie warteten, bis die letzte Schülerin anwesend war, dann erst liefen wir gemeinsam zurück. Eine der Schülerin, die uns geholfen hat, berichtete ihnen, was vorgefallen war. Die Schwester schaute, erst sehr ernst und sagte zornig vor sich hin: „Jedes Jahr, das gleiche Theater, hört das nie auf." Dann sagte sie zu uns: „Wir reden zusammen im Aufenthaltsraum." Sie meinte auch die älteren Schülerinnen.

Wir liefen gemütlich ins Kloster zurück und dann führten uns die Schwestern sofort in den Aufenthaltsraum. Wir beide meinten daraufhin, da sich die Schwestern sehr aufgeregt über uns unterhielten und ihre Laune noch dazu auf dem Tiefpunkt war, das nichts Gutes zu erwarten wäre.

Aber als wir dann gemeinsam saßen. Kam die Schwester auf uns zu und sagte: „Dass ihr das sehr leid tut, das wir von den Schülerinnen nicht so angenommen worden seien, wie es eigentlich sein sollte. Wir sollten das am besten nicht so ernst nehmen." Die älteren Schülerinnen meinten, wir sollten in der Pause immer bei ihnen bleiben, damit sie für uns da sein könnten und den verzogenen Gören in den Arsch treten können, die sind auf keinen Fall besser, als wir hier im Kloster. Endlich sahen wir mal wieder eine Schwester lachen, das kam nicht oft vor.

Aber in den folgenden Schultagen wurde alles noch schlimmer, die Attacken der bösen Schülerinnen hörten nicht auf, anscheinend wurden dadurch andere aufgefordert mitzumachen, so gesellten sich auch Jungs dazu, uns arme Klostermädchen zu beschimpfen. Selbst die Lehrerin schaffte es nicht, Frieden einkehren zu lassen.

Wieder einmal in der Pause, kam ein Junge aus einer Parallelklasse auf uns zu und beschimpfte uns: „Dass sein Vater sagte, dass wir nicht in die Schule gehören, wir Klosterpissen sollten aus der Schule verschwinden, sein Vater werde dafür sorgen, dass alle Schüler aus diesem Kloster von der Schule verwiesen werden."

Plötzlich standen wieder die zwei größeren Mädchen und ein paar Jungs aus unserem Kloster hinter dem Knaben. Sie zogen den Knaben von uns weg und meinten: „Wenn er nicht gleich aufhört, dann sollte er froh sein, wenn er nicht gleich aus dem Pausenhof fliegt." Der Junge meinte: „Das wird folgen haben, das sagt er alles seinem Vater und er habe Beziehungen." Dann kamen viele andere Schülerinnen und Schüler auf uns zu, es kam zu einem großen Streit und zu kleineren Handgreiflichkeiten.

Meine Freundin und ich wurden mit in die Handgreiflichkeiten verwickelt, wir mussten uns das erste Mal körperlich verteidigen und dabei bekamen wir einiges ab. Ich dachte mir: „Was soll das, ich will meine Ruhe, ich will nur meine Schulzeit irgendwie schaffen?" Lehrer, die als Pausenaufsicht anwesend waren, versuchten die Lage unter Kontrolle zu bringen und scheuchten alle Schüler auseinander. Den Schüler, der uns gemein attackierte, musste bei dem Lehrer bleiben und eine größere Schülerin die uns half. Sie mussten dann mit ihm gehen. Immer wieder spielten sich solche gemeinen Szenarien ab.

Meine Freundin und ich wurden in der Schule immer wieder gehänselt, wegen unserer Klosterherkunft, unserer Tracht und unserem Aussehen. Dieser eine Schüler, war immer anwesend, wenn es darum ging uns zu verspotten, warum hatte er so einen Hass auf uns? Darum werde ich ihn nie vergessen. Wir bekamen nie eine ruhige Pause. Wir wurden verprügelt, an den Haaren gezogen und bespuckt, man versuchte uns die Tracht vom Leib zu reißen und uns zu vertreiben.

Was die Folge war, wir beide mussten uns noch bei den Klosterfrauen rechtfertigen. Hatten wir das große Pech, das die Schwester die uns nach der Schule betreute, schlecht gelaunt war und unsere Tracht brauchte nähen oder musste gewaschen werden. Dann wussten wir mit Sicherheit, dass wir uns noch einiges anhören mussten. Wie zum Beispiel: „Wir waren bestimmt nicht unschuldig und wir sind dem Streit nicht aus dem Weg gegangen, wir sind schuld daran, wir haben sie noch provoziert, wir hätten den Streit mit Sicherheit schlichten können, wir müssen besser auf unsere Kleidung aufpassen, nächstes Mal können wir die Tracht selbst flicken, sonst können wir am nächsten Tag so gehen und so weiter." Oft rutschte die Hand noch aus oder wir bekamen eine Kopfnuss und einige andere Strafen.

Es reichte nicht, das wir in der Schule gehänselt wurden oder wie heute gesagt wird: „Gemobbt wurden." Meine Freundin und ich wurden jeden Tag psychisch und körperlich fertig gemacht, obwohl wir gute Aufpasser hinter uns standen. Wir waren jeden Tag nach der Schule fix und fertig, als befänden wir uns in einem Krieg und wir mussten vor unseren Klosterweibern genauso Angst haben. Ich wusste nicht, vor wem ich eine größere Angst bekam.

Ich verstand die Schwestern nicht, zuerst waren sie sehr Verständnisvoll, als meine Freundin und ich von unseren Schulkameradinnen wie Aussätzige behandelt wurden. Jetzt hänselten sie uns und wurden handgreiflich und dafür bekamen wir von unseren Schwestern noch eine Ohrfeige oder sie zogen uns die Ohren lang, von einer anderen Strafen brauchen wir gar nicht sprechen, ich verstand die Welt nicht mehr.

Sogar die älteren Mädchen, die uns beschützten, hatten sich für uns eingesetzt, aber das war zwecklos, sie wurden daraufhin auch noch bestraft. Was war das Kloster für eine Welt, die muss man erst verstehen lernen?

Einmal sahen wir den Vater von dem bösen Jungen, er hatte eine sehr lebhafte Auseinandersetzung mit einem Lehrer. Als wir abgeholt wurden von unseren Schwestern, kam der Mann aus der Schule, unsere Aufpasserinnen machten die Schwestern auf ihn aufmerksam. Eine der Schwestern nickte mit dem Kopf und schaute dabei sehr nachdenklich.

An einem Sonntagmorgen in der Kirche, wir dachten schon lange nicht mehr an diesen Mann, es war der Vater des bösen Jungen, er war mit Begleitung in der Messe. Die Kirche war natürlich auch für die Allgemeinheit zugänglich, wir dagegen hatten unseren festen Stammplatz, natürlich war auch hier die Sitzordnung einzuhalten, wie ich das alles hasste. Aber trotz allem, eine Schülerin aus unserem Kloster erkannte den Mann sofort wieder und sofort wusste es die ganze Gruppe, alle Augen waren nur noch auf ihn gerichtet.

Eine der Schwestern musste den Vater schon lange begutachtet haben, unsere Aufpasserinnen machten uns auf die Schwester aufmerksam. Ich glaube, ich hatte zu meiner Freundin neben mir gesagt: „Dass ich am liebsten zu diesem Mann selbst hingehen würde, ihn zur Rede stellen und ihn über seinen Sohn aufklären wolle."

Als die Messe zu Ende war, setzte sich unsere Schwester in Bewegung und ging direkt auf den Mann und dessen Begleitung zu und wir sahen, das sie die beiden bat, mit ihr aus der Kirche zu gehen. Es war kein sehr langes Gespräch, aber wir sahen, dass sich der Mann und dessen Begleitung sehr aufregten, ich musste zugeben, das gefiel meiner Freundin und mir sehr gut und ich hoffte, dass der Junge einmal seine gerechte Strafe bekommen würde.

Aber leider mussten wir am nächsten Tag in die Schule und die erste Pause kam und mit was meine Freundin und ich nicht rechneten, der Junge kam noch heftiger auf uns zu, sodass unsere Aufpasserinnen nicht mehr eingreifen konnten.

Plötzlich stand er vor uns und schlug sofort auf uns beide ein und schrie dabei: „Das er wegen uns Schwierigkeiten mit seinem Vater bekommen hätte." Er zerriss uns dabei unsere Tracht und wir hatten danach einige blaue Flecken. Unsere Aufpasserinnen bekamen den Jungen nicht unter Kontrolle, er schlug wie wild um sich. Unsere Schutzengel erzählten uns später, dass was sehr ungewöhnlich war, das einige andere ältere Schülerinnen halfen, bis ein paar Lehrer zu Hilfe geeilt waren und den bösen Schüler mitnahmen, was dann mit ihm passierte, darüber hatte ich keine Ahnung.

Meine Freundin und ich hatten eine böse Ahnung, was würden wohl unsere Schwestern mit uns machen, wenn sie uns so zu sehen bekamen. Meine Freundin und ich hatten einige blauen Flecken abbekommen und unsere Tracht war zerrissen und total verschmutzt. Wir baten unsere Lehrerin um Hilfe, als der Unterricht zu Ende war, ging sie mit uns aus der Schule und übergab uns den Schwestern und berichtete ihnen, was vorgefallen war.

Unsere Schwestern waren außer sich und es gab eine heftige Auseinandersetzung, eine der Schwestern ging mit der Lehrerin schimpfend in die Schule, sämtliche Schüler, die noch anwesend waren, schauten den beiden hinterher, einige lachten. Wir hörten auch unterschiedlich Kommentare, wie, das geschieht diesen Klosterweibern recht, die sollen verschwinden, diese hässlichen Weiber, die haben es verdient, aber es gab auch andere Stimmen, alles hat mal eine Grenze, was haben die Klostermädchen euch getan, das ihr so daher redet, wollt ihr euch auf das gleiche Niveau setzen, wie der blöde aggressive Junge. Diese lauten Worte, die wir zu hören bekamen, waren oft nicht von der feinen Sorte, die waren für uns nicht aufmunternd, eher deprimierend. Ich fragte mich immer wieder, wie soll das weiter gehen.

Ich fragte natürlich die anwesende Klosterschwester, ob wir heute mit einer schlimmen Strafe rechnen müssen, weil unsere Tracht sehr mitgenommen aus sah. Sie sagte sehr ernst: „Unsere Schwester ist mit deiner Lehrerin zum Rektor gegangen und wird dort einiges zu klären haben, hoffentlich hat die Sache dann ein Ende." Wir sahen die Schwester erst am sehr späten Abend wieder und sie erklärte uns: „Dass dieser Junge eine gerechte Strafe von der Schule bekommen wird und wir denken, sie wird nicht klein sein und ein Zeichen setzen, das man mit uns nicht so umgehen darf."

Aber was die Frau nicht wusste, uns graute es davor auf den Pausenhof zu gehen, denn wir hatten jetzt schon eine Panik, wenn wir nur daran dachten, was auf uns zukommen würde, wir wollten nicht mehr in die Schule gehen. Die Schule wurde für uns zur Qual, wenn die Pausenglocke läutete, bekamen wir eine panische Angst, werden wir wieder verspottet und verprügelt.

Dieses Mal bekamen wir keine Strafe, unsere blauen Flecken wurden behandelt, nur die großen Aufpasserinnen bekamen eine kleine Rüge, sie sollten uns doch besser beschützen, sie wussten genau, dass dieser Junge wieder auf uns losgehen würde.

Am nächsten Tag in der Pause bekamen wir den Jungen nicht mehr zu sehen, dafür kamen ein paar Freunde des Jungen auf uns zu, um uns anzumachen und sie beschimpften uns sehr. Ich musste mir gedacht haben: „Hört das nie auf und so war es, wir Klosterschülerinnen wurden nie richtig akzeptiert, wir wurden immer wieder

angegangen und beschimpft. Die einheitliche
Tracht unseres Klosters war anscheinend der
Freibrief uns zu verspotten und uns anzugreifen.
Ich kam mir vor, als wäre ich in einem
Tierreservat, um mich herum wären viele
Raubtiere, die auf mich lauern und um mich
erneut anzugreifen."

Der Junge war zwar der gemeinste und der
schlimmste Angreifer. Nach diesen Vorfällen
wurde es zwar sehr ruhig um ihn, aber wenn seine
Freunde meinten, sie müssten uns etwas gemeines
antun, seine Anwesenheit schockierte mich immer
aufs Neue und er feuerte seine Freunde mit sehr
viel Energie an, uns etwas gemeines anzutun.
Aber bei den älteren Schülerinnen und Schülern
bekamen wir inzwischen ein wenig Unterstützung,
das freute uns alle aus dem Kloster.

Es war in dieser Zeit nicht einfach, so glaube ich,
kann es jeder verstehen, dass ich meine ersten
Schuljahre in keiner guten Erinnerung habe und
oft nicht gerne darüber berichten wollte. Als
Klosterschülerin war ich ein Außenseiter,
deswegen war ich nicht angesehen und daran hat
sich bis heute nichts geändert.

Ich bekam den Anschein, dass manche Schüler von zu Hause schon aufgehetzt wurden, das wir nichts an der Schule zu suchen hätten, dass wir ein Schandfleck für die Schule wären, mit Sicherheit ordneten die Eltern nicht an, dass sie uns verprügeln sollten, aber es war ein Vorwand für gewisse, aggressive Handlungen, die manche Schüler ausführten. Diese Schülerinnen und Schüler sagten sich bestimmt, wir führt nur das aus, was unsere Eltern wollten und wir Klosterschülerinnen waren das Opferlamm und konnten uns nicht wehren.

Unschuldslämmchen waren wir inzwischen auch nicht mehr, je größer die Strafe von den Schwestern, umso gemeiner wurden unsere Streiche, die wir uns inzwischen sehr gut überlegten. Irgendetwas mussten wir immer den bösen Schwestern antun, wir waren der Meinung, sie hatten es sich redlich verdient und sie kommen uns diesmal nicht auf die Schliche. Irgendwie mussten wir unsere Aggressionen abbauen, die wir in der Schule abbekamen.

Eines Tages war es wieder so weit, die gemeinen Schwestern, nörgelten den ganzen Tag an uns herum, schickten uns extra noch einmal in die Kirche, wir waren uns keiner Schuld bewusst, dass wir noch einer Messe beiwohnen sollten, schon unter der Kirche überlegten wir, was könnten wir den boshaften alten Klostertanten antun. Was wir damals ausgeheckten, weiß ich nicht mehr, es war schon irgendetwas sehr Gemeines, aber durch den extra Besuch in der Kirche war der Streich gerechtfertigt. Das gemeine Kunststück gelang uns, die Schwestern waren außer sich und sie versuchten schnell die Übeltäterin herauszufinden. Ein Mädchen fanden sie sehr schnell heraus und dann war uns klar, sie bekamen daraufhin alle Übeltäterinnen und da war ich dabei.

Wir mussten alle sofort antreten und uns war klar, jetzt folgt eine deftige Strafe und da kommt keiner davon, nur für welche Strafe werden sie sich entscheiden, das wussten wir noch nicht. In einer Reihe standen wir da und warteten auf unsere Strafe, ob sie Gerecht war, das stand auf einem anderen Blatt.

Aber mit was wir alle nicht gerechnet hatten, die
Schwestern wollten ihre Strafe an Ort und Stelle
ausführen, plötzlich zog eine Schwester vor mir
ihre Hand aus und schlug mit voller Wucht in
mein Gesicht, sie Schlug genau auf mein linkes
Ohr. Ich konnte mich kaum mehr auf meinen
Füßen halten. Blut lief mir aus dem Ohr, ich
bekam plötzlich, sehr große Schmerzen. Aber ich
musste mich zusammenreißen, denn ich wusste,
wenn ich jetzt etwas sage, dann würde ich mir nur
noch eine weitere Ohrfeige einhandeln.

Eine nach der Anderen bekam deftige Ohrfeigen,
abwechselnd schlugen die bösen
Ordensschwestern zu, man hätte meinen können,
sie müssten einmal müde werden, aber sie hatten
die Kraft, alle zu bestrafen, ich bekam den
Eindruck, je mehr sie uns schlugen, umso größer
war ihr Spaß daran. Sie gaben sich keine Blöße
und zogen es bis zum letzten Mädchen durch.

Ich bemerkte sofort, das ich auf dem linken Ohr
schlecht hörte und das etwas aus meinem Ohr lief.
Ich traute es mir nicht sagen. Aber meine
Freundin neben mir sagte ganz laut: „Das mir Blut
aus dem Ohr läuft." Eine Schwester sah sich das
an und sagte natürlich: „Das wird schon wieder
aufhören, das verheilt wieder von alleine, ich soll
nicht so Mädchenhaft tun, Unfug machen könne

ich auch, dann muss man mit den Folgen auch umgehen können."

Bis heute verfolgt mich der Schaden an meinem Ohr, ich höre schlechter, ich darf nicht unter Wasser gehen, ich darf kein Wasser in mein Ohr bringen, ich darf nicht schnorcheln, auf keinen Fall tauchen, ich habe Probleme mit großen Höhenunterschiede.

Ich war bei einem Ohrenarzt und sein Urteil war, der Schaden an meinem Ohr ist irreparabel, dafür ist es zu lange her, er kann für mich in dieser Angelegenheit nichts mehr tun.

Wie schon einmal erwähnt, die Schwestern gingen nie mit uns zu einem Arzt, egal wie schlecht es uns ging, alles musste von alleine heilen. Auch diese Verletzung musste ohne eine ärztliche Behandlung verheilen, auch wenn ich einen bleibenden Schaden davon trage. Ein Arzt behauptet damals, wenn ein guter Arzt die Verletzung sofort behandelt hätte, wäre mein Ohr sehr wahrscheinlich wieder in Ordnung gekommen. Die Schwester hatte mir ein Andenken für das ganze Leben geschlagen. Sie war eine gemeine und böse Schwester, wenn ich könnte, würde ich ihr dafür heute noch eine klatschen.

Warum schlug diese gemeine Schwester, so fest zu, hatte sie so eine große Wut auf mich, wir hatten doch nur einen ganz normalen Streich gemacht. Was bekamen wir Kinder in diesem Kloster oder Kinderheim, nichts, absolut nichts, was für Kinder wichtig gewesen wäre. Natürlich fiel uns daraufhin nur Blödsinn ein. Schwester Klementine lachte nur über unsere Streiche und fand es sogar lustig, es gab auch ein paar andere Klosterschwestern, die unsere Kinderstreiche zum Schmunzeln fanden. Aber leider, diese bösen Schwestern empfanden unseren Unfug für eine Höchststrafe, das braucht eine körperliche Misshandlung. Warum frage ich mich heute noch?

Wir waren Kinder, wir wollten Leben, wir wollten uns erfinden, wir wollten aus unserem beschissenen Leben ausbrechen, etwas machen und vor allem einmal lachen können. Wenn diese gemeinen Schwestern dies nicht tun konnten, warum sollten wir das nicht können, ich bekam den Eindruck, wir waren in einem Reich der Depressionen und einer Diktatur, wir durften nichts alleine unternehmen und entscheiden, wir waren diesen bösen Schwestern total ausgeliefert. Wir waren in diesem Kloster eingesperrt, als wären wir in einem Hochsicherheitstrakt-Gefängnis.

Unsere Hausaufgaben konnten wir nicht mit einer anderen Schülerin schreiben und danach zusammen spielen. Wir besaßen keine Eltern die unsere Aufgaben noch ein letztes Mal kontrollierten. Egal welche Schülerin aus unserer Klasse, sie durften uns nie besuchen. Wir waren total von unseren Klassenkameradinnen isoliert, wir wussten kaum etwas von ihnen und sie wussten von uns nichts, außer, dass wir in diesem blöden Gemäuer eingeschlossen waren, von der Außenwelt. Vielleicht war das auch ein Grund, warum uns einige Schüler hänselten, weil wir mit ihnen keinen privaten Kontakt haben konnten. Ich bekam auch mit, dass sich sogar einige Eltern untereinander anfreundeten und sich öfters trafen. Niemand konnte sich mit uns anfreunden, ich konnte mir gut vorstellen, das sich keiner mit unseren Schwestern anfreunden wollte.

Wir bekamen auch kaum etwas mit, was draußen in der Welt so vor sich ging. Die Schwestern erzählten uns kaum etwas, was außerhalb des Klosters passierte, wir konnten keine Nachrichten anhören, geschweige anschauen, denn wir hatten immer noch kein Rundfunkgerät.

Ich könnte mir heute gut vorstellen, dass die Schwestern in einem Raum ein Radio versteckten und dort ihre Nachrichten oder Musik heimlich horchten. Denn in bestimmte Räume zu gehen, war für uns ein absolutes Tabu. War dort ein Radio versteckt, ein Fernsehgerät glaube ich, besaßen sie damals noch nicht? Wir hätten gerne einmal eine flotte Musik gehorcht. Aber nein, wir sollten nur in die Schule gehen, Hausaufgaben schreiben, beten und in die Kirche gehen und wenn noch Zeit übrig war, mit den vergammelten Spielsachen spielen. Das war unser ganzer Tagesablauf.

Wir waren im Prinzip komplett auf uns alleine gestellt, wenn wir Hausaufgaben machten, halfen mir oft die älteren Schülerinnen, den Klosterschwestern interessierte das überhaupt nicht. Es war nicht zu übersehen, das ihnen das lästig gewesen wäre. Nur Schwester Klementine half zwischen durch, wenn sie konnte und die Ausgaben verstand, auf jedem Fall, sie nahm sich Zeit für unsere Schulaufgaben.

Die anderen Schwestern hatten nur eine Antwort darauf: „Hättet ihr besser in der Schule aufgepasst, dann wüsstet ihr, wie ihr die Hausaufgabe zu schreiben und rechnen habt." Aber es war halt so, dass wir doch nicht alles begriffen hatten und meine Freundin und ich, uns nicht einmal gegenseitig helfen konnten. Aber es gab eine Schwester Klementine und unsere beiden älteren Schulfreundinnen, sie halfen uns immer, wenn sie Zeit hatten?

Aber diese alten Klosterdrachen, helfen wollten sie nicht, aber wenn wir eine Probe schrieben, heute heißt es Schulaufgabe. Sie wollten sofort wissen, wie wir benotet wurden, war die Note ihrer Ansicht nach, nicht gut genug, dann rutschte mal wieder ihre Hand aus oder sie hatten ein paar andere Strafen, eine für uns ganz neue Schikane war, wir mussten eine Geschichte aus einem Buch abschreiben und das nicht nur einmal, sondern zweimal oder dreimal.

Bemerkten die Schwestern, das ich beim Abschreiben gemogelt hatte, das ich ein paar Absätze ausgelassen hatte, dann musste ich sofort wieder antreten und bekam dann wieder ihre Hand zu spüren und das nicht nur einmal, für jeden Absatz, den ich ausließ, bekam eine Klatsche oder eine kräftige Kopfnuss. Das war in diesem Fall oft sehr Schmerzhaft, oft tat mir das ganze Gesicht daraufhin weh. Diese Schwestern waren große Spezialisten, uns zu foltern.

Mit unseren Zeugnissen war es kein bisschen besser, was war das oft für ein Theater, die Klosterweiber bemühten das ganze Jahr kein bisschen, um uns zu unterstützen. Aber, als wir das Halb oder Jahreszeugnis ihnen aushändigten, zum Unterschreiben und sie lasen es und ihre Gesichtsmuskeln bewegten sich sehr gefährlich, sah ich ihnen sofort an, ob sie zufrieden waren oder wenn sie am liebsten das Zeugnis zerrissen hätten. Ich sah sofort in ihrem Gesicht, das ich sofort wieder eine der bekannten Foltermethoden abbekommen würde.

Wenn die Alte das Zeugnis durchlas, durfte ich von ihr keinen Meter wegtreten. War sie mit einer Note nicht zufrieden, dauerte es keine Sekunde und ich hatte die erste Ohrfeige abbekommen und ich musste mich für die ihrer Sicht nach, schlechte Note rechtfertigen. Wenn sie nur ihre Stimme erhob und sagte: „Was sehe ich da, in Rechnen eine vier, das darf doch nicht wahr sein, hast du überhaupt nichts gelernt. Das kann man üben, wo hast du nur immer deinen Kopf." Kurz darauf spürte ich ihre Hand im Gesicht.

Die anderen Schüler lachten keinesfalls, wenn ich meine Strafe bekam, denn ihnen erging es kein bisschen besser. Besonders, wenn sie ihr Zeugnis noch angeschaut hatte, deswegen stand ihnen die Angst in ihren Gesichtern. Ich war heilfroh, wenn das Theater endlich vorüber war. Aber es war nie vorüber, denn im nächsten Halbjahr kam das gleiche Problem wieder, die böse Frau war nie mit meinem Zeugnis zufrieden.

Ich war nie so gut in der Schule, dass sie zufrieden sein konnte, immer musste sie etwas aussetzen. Zwar war ich keine Musterschülerin, aber auch nicht so schlecht, das man mich für das Zeugnis hätte schlagen müssen. Damals war ich überzeugt, wenn ich beim Lernen und Hausaufgaben schreiben eine bessere Unterstützung gehabt hätte, dann wären sicherlich noch einige Noten besser ausgefallen.

Ich sagte es der bösen Klosterschwester einmal richtig: „Das sie selbst an diesen Noten schuld seien." Aber was bekam ich daraufhin, eine harte Strafe, warum musste das immer sein? Konnten diese Schwestern, die Wahrheit nicht ertragen, darf man nicht einmal seine Meinung äußern?

Ich besaß damals, nach diesen Erlebnissen, nur einen Wunsch, das ich einigermaßen gut, die Schule abschließe und danach das Kloster schnell verlassen konnte. Ich wollte endlich frei sein und nicht mehr unter der Tyrannei dieser gemeinen Frauen stehen. Keine einzige Freundin, die im Kloster gefangen war, wollte das länger ertragen, als es sein musste. Nicht einen einzigen Tag, sie wollten nur schnell raus!

An manchen Tagen, war es oft so, nur wenn ich sie sah, zuckte ich zusammen und dachte sofort, dass ich bestimmt eine Strafe bekommen würde, dieser Ausdruck in ihrem Gesicht war so streng und hart, dass man an nichts anderes denken konnte und sie versuchten nicht, das sich daran etwas ändern würde.

Was ich von meinen anderen Mitschülern so am Rande mitbekam, einige hatten Hobbys oder besaßen Haustiere, mit denen sie Spielen konnten und sich abgeben konnten. Andere konnten in irgendeinen Sportverein gehen, sie hatten dort viele Kameraden und konnten dort ihre Wettkämpfe austragen, kamen somit in andere Städte und konnten durch ihren Sport noch weitere Freunde dazu gewinnen. Sie besaßen Mannschaftskameraden und einen vierbeinigen Freund, was hatten wir? Nichts!

Wenn wir in der Schule einmal die Woche Sportunterricht bekamen, war das schon alles, wir machten in dieser Hinsicht überhaupt nichts, es war nicht die geringste Möglichkeit vorhanden, ich hätte mir auch nicht vorstellen können, mit diesen alten Schwestern, zum Beispiel, Fußball zu spielen.

Ein Haustier zu haben, das wäre unmöglich gewesen, obwohl wir gerne einen Hund oder Katze besessen hätten. Aber wie gesagt, wir durften nichts haben, noch dazu machen. Nicht einmal, einen Hamster oder einen Wellensittich wäre erlaubt worden. Nur einige Hausdrachen liefen im Kloster herum, die in langen Kutten steckten und Kinder quälten.

Andere Klassenkameraden waren mehr der Musik verbunden und spielten irgendein Instrument oder sangen in einem Chor, sie hatten irgendetwas mit dem sie sich außerhalb der Schule beschäftigen konnten, sangen, spielten Gitarre, Klavier oder Flöte, egal, sie konnten sich damit beschäftigen, sie hatten eine große Freude daran und konnten in der Schule etwas erzählen.

Oft wenn ich das hörte, war ich auf diese Klassenkameraden sehr neidisch, egal, ob sie Sport in einem Verein ausübten, ein Haustier besaßen oder ein Instrument spielen durften oder irgendein anderes Hobby hatten und vor allem, wenn ihre Eltern das noch unterstützten. Das tat mir jedes Mal sehr weh!

Die anderen Klassenkameradinnen erzählten sehr viel auf dem Pausenhof, was sie unternommen hatten, ob sie im Sportverein waren, einen Wettkampf machten oder ein Turnier spielten, ein Spiel gewonnen oder eine Niederlage erleiden mussten. Sie waren total stolz auf ihre Leistungen und was konnten wir erzählen?

Einige Schülerinnen befanden sich im gleichen Sportverein, sie prahlten von ihren Spielen, die sie gewannen, wo sie überall hingefahren waren und von einigen Auszeichnungen, die sie erreichten. Ihre Mutter hängte sie in ihrem Zimmer auf und wenn die Schulkameraden sie besuchten, konnte sie das Sportandenken allen zeigen und damit prahlen.

Aber es gab noch viele weitere Punkte, die uns Klostermädchen trafen. Wir hatten nichts was wir den anderen Schülerinnen erzählen konnten, nur das wir wieder geschlagen wurden, für nichts und wieder nichts. Wenn, andere Schülerinnen oder Schüler etwas ganz tolles mit ihren Eltern unternommen hatten. Wie zum Beispiel auf einem Volksfest waren oder etwas ganz anderes, wie zum Beispiel eine schöne Fahrradtour unternommen wurde, das tat uns sehr weh im Herzen, von so etwas Schönem, konnten wir nur träumen. Wir konnten ihnen nicht böse sein, wenn sie ihre tollen Erlebnisse erzählten. Denn wir hätten es nicht anders getan.

Es gab ein sehr soziales Ehepaar und die boten den Schwestern an, das meine Freundin und ich einmal, an einem ihrer Ausflüge teilnehmen durften. Wir freuten uns schon zu früh, denn die Eltern kannten unsere Klosterfrauen nicht, sie antworteten natürlich sehr streng und erlaubten es nicht, wir bekämen einmal eine Chance aus diesem alten Gemäuer herauszukommen und das wurde uns verwehrt, warum machten sie so etwas? Wir wären doch nicht davongelaufen, wo sollten wir schon hin.

Meine Klassenkameradinnen gingen sehr viel mit ihren Eltern an einem See zum Schwimmen oder in eine der Bäder in unserer Stadt und ihre Eltern lernten ihnen das Schwimmen. Das war auch so ein Punkt, den ich auch heute noch bereue, so bekam ich nie die Möglichkeit schwimmen zu lernen. Denn natürlich, gingen wir nie an einem See oder in eines der Bäder und die Schwestern hatten nicht einmal versucht uns das Schwimmen beizubringen.

Im Kloster war ein kleines Schwimmbad, das wir benutzen durften, es war nicht tief, wir konnten darin stehen und etwas plantschen, natürlich konnten wir es nicht ohne Aufsicht benutzen, aber diese Schwester schaute uns nur zu und nicht eine bemühte sich, uns das Schwimmen beizubringen. Dazu muss ich sagen, ich sah nie eine Schwester im Wasser und vor allem in einem Badeanzug oder Bikini.

Wir wollten alle schwimmen lernen, aber wer sollte uns das beibringen. Warum zeigten sie uns das nicht, es wäre doch so wichtig gewesen? Konnten die Schwestern selbst nicht schwimmen und somit konnten sie es uns nicht lernen? Warum sind sie nie mit uns ins Wasser gegangen oder schwimmen gegangen, durften sie das nicht tun?

Einige Schüler radelten später mit einem Fahrrad zur Schule, davon konnten wir auch nur träumen. Ich hatte in den Jahren, in der ich im Kloster verbrachte, nicht ein Fahrrad gesehen, noch berühren dürfen. Genauso, wäre ein Fahrrad ein Traum gewesen, es wäre ihre Aufgabe gewesen, uns das Fahren damit beizubringen, aber wie so oft in diesem Kloster, wir bekamen keine Möglichkeit das zu tun.

Alles was meine anderen Schülerinnen und Schüler in ihrer Freizeit machten, das konnten wir nicht verwirklichen, sie liefen Schlittschuh, Rollschuh, sie hatten ein Fahrrad und sonstige interessante Sachen und es wurde ihnen von ihren Eltern beigebracht, wie sie es benutzen konnten oder es wurde ihnen in einem Verein beigebracht, das fehlte uns allen, es war sehr deprimierend für uns, was wir so alles in den Pausen so zu hören bekamen, wir waren in unserer Schule, als wären wir aussätzige.

Immer waren uns die anderen Schülerinnen und Schüler voraus, egal was sie machten, sie konnten Privat zusammen lernen, sie konnten schwimmen gehen, sie hatten ein Fahrrad und konnten damit fahren, wann sie wollten, sie hatten tolle Hobbys, sie konnten in einen Sportverein gehen und mit ihren Leistungen angeben, so standen immer ein paar Schülerinnen und Schüler auf dem Schulhof im Mittelpunkt. Wir waren dort nur akzeptiert und waren kleine, unscheinbare Mauerblümchen und darum wurden wir immer noch ausgelacht, denn wir waren nicht interessant für sie.

Trotz allem, war die Schulzeit noch schöner, als die Schulferien. Wenn wir jeden Tag in die Schule gingen, kamen wir wenigstens ein paar Stunden aus diesem alten Gemäuer heraus, auch wenn wir gehänselt und ausgelacht wurden. Wir waren wenigstens unter andere Schülerinnen und Schüler, wir sahen für ein paar Stunden die alten bösen Schwestern nicht und brauchten keine Angst haben, dass wir bestraft wurden. Jeden Tag nach der Schule grauste es uns, zurück in das dunkle Klosterloch zu gehen, die düsteren Gesichter der Klosterfrauen machte dieses Gemäuer noch finsterer und noch depressiver.

Hatten wir Schulferien, war es für uns, noch viel schlimmer, wir waren die ganze Zeit in dem Kloster eingesperrt, die Schwestern kamen nie auf die Idee, das sie für uns Mädchen ein schönes Ferienprogramm aufstellten. Das machten sie schon, aber anders, als wir uns das erhofften, im Frühjahr und Sommer konnten, wir bei der Gartenarbeit helfen, ein Gemüsebeet anlegen, Pflanzen einsetzen, Rasenmähen und zum

goldenen Abschluss die Hecke schneiden. Das
war ein schönes Ferienprogramm für
Klostermädchen.

 In den Winterferien mussten wir früh ausstehen
und Schneeräumen, das trotz allem recht lustig
war, weil wir oft eine Schneeballschlacht
anfingen. Schneeräumen mussten wir oft noch vor
der Schule und natürlich auch an den
Wochenenden. Wir hatten nie eine Freizeit, wir
bekamen immer eine Aufgabe.

 In der Ferienzeit bekamen wir ihre Arbeit
aufgebrummt, die eigentlich ihre Aufgabe war, sie
konnten schön auf einer Bank faulenzen und
Gespräche führen und von dort aus, uns bei der
Arbeit zuschauen und natürlich an uns
herumnörgeln, sie fanden immer etwas, was ihnen
nicht passte. Wir dagegen, konnten uns für sie
abschuften, was war das für eine Gerechtigkeit,
wenn wir wenigstens im Sommer dafür ein Eis
oder im Winter eine Bratwurstsemmel bekommen
hätten, aber so wie es im Kloster war, wir konnten
sehr lange darauf warten.

In den Ferien hatten einige Mädchen, das große Pech, das sie für die Küche eingeteilt wurden, sie konnten sich dort beschäftigen, mit Kartoffelschälen, Salat putzen und nach dem Essen, die Küche aufräumen und putzen helfen und das oft sieben Tage die Woche. Das war ein schönes Ferienprogramm, diese Mädchen waren voll ausgelastet. Machten wir es nicht sauber genug, ich glaube, ich brauche es gar nicht erwähnen. Es war immer dasselbe Theater.

Einmal in den Ferien liefen wir mit den Schwestern in die Stadt und bummelten an den Schaufenstern vorbei, wenn wir brav in einer Schlange liefen und die Klosterfrauen gut gelaunt waren, bekamen wir eine Kugel Eis oder im Winter ein Bratwurstbrötchen.

Das war in den Ferien, das einzige große Highlight, sonst wollte das Heim für uns nichts zu tun. Diese Stadt kannten wir schon auswendig, es wäre mal echt schön gewesen, wenn wir, genauso wie unsere Klassenkameradinnen etwas anderes zu sehen bekamen, aber das wollte uns das Kloster nicht anbieten.

Kamen wir nach den Ferien wieder in die Schule und wir hörten, was unsere Klassenkameradinnen alles in ihren Ferientagen unternommen hatten, mit ihren Eltern, konnten wir nur vor Neid erblassen. Sie waren im Sommer jeden Tag beim Schwimmen, auf dem Sportplatz, eine besondere Fahrradtour unternommen, wenn sie damals schon sich ein Auto leisten konnten, waren sie im Urlaub in den Bergen oder am Gardasee. Wir konnten nur eines machen, zu hören und hoffen, das wir einmal dieses Kloster verlassen können.

In den Winterferien war es das Gleiche, sie waren in den Bergen beim Skifahren, beim Bergwandern, sie waren in einem Weihnachtsmarkt und so weiter.

Meine Freundin und ich konnten es oft nicht mehr mit anhören, manche Schülerinnen brachten beim Urlaubsbericht erzählen, überhaupt nicht mehr ihren Mund zu, war diese Kameradin mit ihrer Geschichte fertig, fing sofort die Nächste an.

Wir standen meistens Abseits von dieser Gruppe, den es könnte sein, das uns ein Mädchen fragte, was unternahmen wir in den Ferien? Was könnten wir ihnen erzählen sollen? Wir hätten uns nur geschämt und dafür wären noch ausgelacht worden, dass es so weit kommt, wollten wir verhindern.

In unserer Schulklasse fragte auch unsere Lehrerin, was wir in den Ferien unternommen hatten, einige Schülerinnen erzählten hier ganz eifrig ihre Erlebnisse. Als alle Bericht erstattet hatten und eigentlich meine Freundin und ich an der Reihe gewesen wären, sagte meine Lehrerin niedergeschlagen: „Euch brauche ich eigentlich nicht zu fragen, ich weiß, dass die Kinder im Kloster arbeiten und keine Ferien haben."

Eine paar Schülerinnen haben daraufhin ein paar blöde Bemerkungen laut heraus gewitzelt. Die Lehrerin schmunzelte erst vor sich hin. Ich kann mich an diese Szene noch gut erinnern, weil daraufhin die Lehrerin für uns, einen ganz schlauen Satz aussprach: „Ich werde mal mit euren Eltern und daraufhin mit den Klosterschwestern reden, weil ihr alle so schlau seid, könnt ihr euere Ferien gemeinsam einmal in dem Kloster verbringen, aber mit keinem einzigen Sonderprivileg, ihr macht alles mit, was diese Mädchen auch machen müssen, danach bin ich mir sicher, dass ihr nie mehr über unsere Klosterschülerinnen eine solche Bemerkung mehr aussprechen werdet."

Meine Freundin und ich mussten, das erste Mal in der Klasse vor uns hin schmunzeln und ihr werdet es nicht glauben, ein paar andere Kameradinnen mussten lachen.

Ab diesen Tag sahen uns ein paar Schulkameradinnen, uns zwei Klostermädchen mit anderen Augen und fingen richtig an mit uns zu reden. Der böse Junge bekam im gleichen Schuljahr, von einem anderen Lehrer die gleiche Belehrung, nur dieser blieb unverbesserlich. Aber ab diesem Tag, war meine Freundin und ich stärker geworden, wir gewannen ein paar Freunde hinzu, das hätte ich mir nie vorstellen können.

Es kam die Zeit, ich musste zur Kommunion, natürlich war das Zeremoniell mir ganz unbekannt, als wir Mädchen darauf vorbereitet wurden, war uns das sehr lästig. Wir waren noch sehr junge Mädchen und fragten uns, was soll das alles.

Stundenlang mussten wir natürlich mit den Schwestern und dem Pfarrer die Kommunion üben, natürlich musste meine Freundin und ich, damals sehr viele Rosenkränze beten, zur Beichte gehen. Wir verbrachten in dieser Zeit wieder sehr viel Zeit in der Kirche.

Als es dann so weit war, wurde die Kommunion in unserer Kirche abgehalten, wir konnten natürlich kein weißes Kleidchen tragen, das Zeremoniell dauerte für uns sehr lange, ich konnte gar nicht erwarten, bis diese Messe zu Ende war. Bei meiner Kommunion waren auch dieses Mal keine Jungs aus dem Kloster anwesend, es war auch hier alles streng getrennt, die Knaben hatten ihre Kommunion vor uns in der gleichen Kirche.

Trotzdem, dass es ein feierlicher Akt war, ist der Alltag schnell bei uns wieder eingekehrt. Die Kirche war aus und wir bekamen ein etwas besseres Essen, sogar mit einem guten Schokoladenkuchen, aber danach war alles schnell wieder beim Alten.

Als wir wieder in der Schule gingen, hörten wir schon, bevor der Unterricht losging, was wir im Kloster versäumt hatten. Wir konnten kein schönes weißes Kleidchen tragen, eine verzierte Kerze bekamen wir auch nicht, wir erhielten eine ganz einfache weiße Kerze, mit der Familie in einem teuren Restaurant mit einer leckeren Nachspeise, war für uns auch nicht möglich. Viele tolle teure Geschenke von sämtlichen Verwandten und weitere Geldgeschenke, damit ich mir noch etwas sparen konnte, für später, so etwas kannte

ich überhaupt nicht, von wem könnte ich
beschenkt werden können?

Das was meine Freundin und ich hörten, war
gewiss nicht für unsere Ohren gedacht, wir waren
sehr niedergeschlagen, in solchen Situationen
dachten wir immer wieder, warum können wir
nicht auch einmal so einen schönen Tag haben?
Haben wir das nicht auch mal verdient? Wir tun
doch niemanden etwas Böses an? Wir wollen
doch nur ein kleines Stückchen von einem
schönen Leben abbekommen oder haben wir
schon in unserem kleinen Dasein etwas
verbrochen und darum habe ich mich gefragt:
„Warum?"

Unsere Lehrerin bemerkte an solchen Tagen,
nachdem wir von den anderen Mitschülerinnen
alle Geschichten anhören mussten, was in uns
vorging. Daraufhin versuchte sie uns etwas zu
trösten und sie sagte zu uns: „Ihr seid diesen
Schülern in einem Punkt etwas voraus, ihr werdet
es schätzen, wenn euch einmal etwas Gutes
widerfährt, wenn ihr euer Geld selbst verdient
oder etwas nettes Geschenkt bekommt, ihr werdet
sparen können, ihr seid in keinem Prunk
aufgewachsen, ihr wisst, was es heißt, nichts zu
haben, ihr werdet alles etwas besser schätzen
können." Meine Freundin und ich wussten nicht,

was die Lehrerin damals meinte, aber heute weiß ich es, was sie damit sagen wollte!

Aber trotzdem fehlte mir etwas, an solchen Tagen dachte ich, immer wieder an meine Familie, besonders an Monika und Georg. Ich dachte jetzt schon etwas anders, ich wusste jetzt, dass meine Mutter damals verstorben war, aber mein Vater lebte, warum hatte er uns alle in ein Kloster oder Heim gesteckt und dazu meine anderen Geschwister in ein anderes Heim, ich dachte daraufhin, warum konnten wir nicht bei Papa bleiben, wir waren doch brav, wir hätten ihm keine große Arbeit bereitet, sondern versucht zu helfen, wir wären ihm bestimmt nicht zur Last gefallen. Wir wollten doch nicht dahin, wo wir uns jetzt befinden. Ich war auf meinem Vater sehr böse, weil er mir das angetan hatte!

Ich hatte keine Familie, mit denen ich eine Kommunion feiern konnte, ich hatte niemand, der mir an Freunde, Verwandte oder Bekannte einen Kuchen austrug, ich bekam nie Geschenke, auch nicht an Geburtstagen, noch an Namenstage, Weihnachten, Ostern. Solange ich hier im Kloster bin, würde ich nie etwas besitzen können, nicht einmal eine eigene Puppe.

Ich bekam nicht einmal ein kleines Taschengeld, nicht einen einzigen Cent, hatte ich je besessen. Niemals konnte ich, wie meine Schulkameraden in ein Geschäft gehen und Süßigkeiten kaufen, davon konnte ich nur träumen, auch im Kloster bekamen wir keine Süßigkeiten, nur an Weihnachten und Ostern ein kleines Stück Marzipan, das war alles.

 Ich hätte gerne gewusst, wie es meinen Geschwistern ergangen war. Monika meine kleine Schwester und Georg mein großer Bruder, ich dachte mir zu diesem Zeitpunkt, dass es ihnen bestimmt so ähnlich ergangen war, dass sie es auch nicht besser hatten. Aber ich verstand immer noch nicht, warum wir Geschwister wenigstens nicht zusammen sein konnten, waren wir Kinder so böse, das jeder Einzelhaft zur Strafe erhalten musste.

 Als mein Vater uns kleine Kinder wegbrachte, seit diesem Zeitpunkt, konnten wir uns nie mehr sehen. Ich fragte mich oft in der Nacht, hätte ich meine Monika und meinen Georg wieder erkannt? Im Traum sah ich Georg und mich oft zusammen spielen, wie wir es noch in der guten alten Zeit getan haben, meine Schwester war damals noch zu klein um mit zuspielen. Auch wenn ich könnte und dürfte, ich wüsste nicht einmal, wo ich Monika und Georg suchen sollte.

Ich fragte oft bei einer Klosterschwester nach meinen Geschwistern und bekam nie eine richtige Auskunft, sie sagten nur, dass es ihnen gut gehe, sonst nichts. Warum durfte ich nicht mehr erfahren, warum durfte ich sie nicht einmal besuchen und mit ihnen reden? Es waren doch meine Geschwister, ich vermisste sie und das schon einige Jahre. Das kann sich kein normaler Mensch vorstellen, wie ich mir die Zeit damals zurück wünschte, als meine Mutter noch lebte, ich fühlte mich trotz allem, das ich eine gute Freundin besaß, sehr allein, ich war total auf mich alleine gestellt.

Ich hätte zu gerne mit ein paar Klassenkameradinnen, mit denen ich mich inzwischen besser verstand, mich befreundet, aber das ging nicht. Ich konnte keine richtige Freundin in der Schule haben, nach wie vor nicht, denn unternehmen konnte ich mit ihr nichts. Mit ihr nach Hause gehen, das war nicht drin und sie durfte auch nicht mit mir ins Kloster kommen, es war alles verboten. Je älter ich wurde, umso eingesperrter fühlte ich mich, es war für mich, als wäre ich in einem großen Gefängnis, aus dem ich niemals ausbrechen konnte. Ich war für

Lebenslänglich eingesperrt, ich hatte die
Höchststrafe, ohne eine gerechte
Gerichtsverhandlung zu bekommen, darf so etwas
überhaupt vorkommen? Aber ich hatte trotzdem
die Höchststrafe erhalten!

Kapitel 5

Die letzten Schuljahre

Einige Jahre in diesem Kloster waren vergangen
und ich war in der vierten Schulklasse
angekommen, nichts hat sich geändert, nur das ich
älter geworden war. Meine Familie hatte ich nie
mehr gesehen, ich sah mich inzwischen, als ein
Waisenkind, ich hatte niemand aus meiner
ehemaligen Familie, der mir zur Seite stand, ich
glaubte inzwischen, dass ich sie nie mehr sehen
werde.

An meinem Schulalltag änderte sich nichts, die
Schwestern begleiteten uns nach wie vor zur
Schule und holten uns wieder ab. Nur das wir
inzwischen den Auftrag von den Schwestern
hatten, wir sollten unsere jüngeren Schüler in
Obhut nehmen, denn von unseren älteren
Schülerinnen wurden wir in den ersten

Schulklassen auch beschützt. Aber unsere
Klostertracht mussten wir immer noch tragen.
Meine Klassenkameradinnen konnten die schönste
modische Kleidung tragen und meine Freundin
und ich konnten wie ein Mauerblümchen daneben
stehen, an unserer Frisur durften wir nichts
ändern. Unsere Klassenkameradinnen bedauerten
uns inzwischen sehr, dass wir für uns nichts
entscheiden durften.

 Was meine Leidensgenossinnen und mich, seit
längerem beschäftigte, dass es ein paar
Schülerinnen im Kloster gab, die wirklich sehr
gute Noten bekamen und ohne weiteres auf eine
höhere Schule gehen konnten, aber auch dies
wurde vom Kloster abgeblockt. Die Schülerinnen
waren sehr geschockt, sie erzählten uns, dass sie
ohne weiteres, wenn sie 18 Jahre alt wären, die
gehobene Schulausbildung nachholen könnten.
Hier im Kloster kann das nicht gefördert werden,
dafür besteht keine Möglichkeit.

 Es war mal wieder keine schöne Nachricht, die
wir erhielten, was sollten wir uns daraufhin
denken? Dass wir keine einzige Möglichkeit
erhielten, aus unserem Leben etwas zu machen,
wir konnten daraufhin keine einzige Weiche
stellen, für später, dass wir unsere Zukunft
gestalten könnten, dass wir einen besseren Beruf

erlernen konnten. Warum machten sie so etwas?
Es waren einige Mädchen unter uns, sie besaßen
ohne weiteres die Möglichkeit auf eine Realschule
oder Gymnasium gehen können, aber nein, das
wurde ihnen verwehrt.

 Wir konnten leider nichts dagegen tun, einige
Mädchen versuchten, darüber mit dem
zuständigen Pfarrer zu reden, aber sie konnten nur
berichten, dass auch diese Aktion ohne den
geringsten Erfolg blieb. Wenn ich nicht in diesem
Kloster eingesperrt gewesen wäre, dann hätte ich
es sehr wahrscheinlich versucht, auf eine bessere
Schule zu kommen, aber da ich es jetzt
hundertprozentig wusste, versuchte ich es erst gar
nicht.

 Später kam mir zu Ohren, dass die Mädchen es
auch bei ihrer Lehrerin versuchten und sie setzte
sich sogar mit dem Pfarrer in Verbindung, aber
auch sie scheiterte und die Schülerinnen blieben
bei uns in der gleichen Schule. Wir waren alle mit
dieser Haltung des Klosters nicht einverstanden
und waren darüber sehr niedergeschlagen. Es war
zum Verzweifeln, was hier alles vor sich ging.

Durften wir nicht auf eine weiterführende Schule,
weil somit die Klosterschwestern eine weitere
Aufgabe bekamen, sie müssten die Mädchen zu
einer anderen Schule begleiten? Das wollten sie
bestimmt nicht übernehmen und darum blockten
die Schwestern das schon jahrelang ab. Viele
meiner Klassenkameradinnen gingen ganz alleine
und ohne Hilfe zur Schule, warum durften wir das
nicht, dann wäre eine andere Schule kein Problem
gewesen. Aber dafür uns die Zukunft verbauen,
für sie war das kein Problem, aber für uns.

Eine der Schwestern hatte daraufhin mal
geantwortet, für eine Familie gründen, Kinder in
die Welt setzen, erziehen und Hausarbeit machen,
braucht man keine höhere Schule, für euch ist
hiermit nicht mehr vorgesehen. War das die
allgemeine Anschauung des Klosters? Aber wir
Kinder konnten dagegen nichts machen, wir
mussten es so hinnehmen, wie es kam, wir waren
ihnen ausgeliefert!

Statt besser, wurde alles für uns noch schlimmer,
nur in die Kirche gehen und beten, das war für die
Klosterschwestern wichtig. Auf die kleinen
Kinder aufpassen, in die Schule gehen und die
Hausaufgaben machen, das war für uns der Alltag
in diesem alten Gemäuer. Dass wir die alten
Schwestern ertragen mussten, an das gewöhnten

wir uns inzwischen und wussten, wie wir damit
umgehen mussten.

Aber an was wir uns alle nie gewöhnen konnten,
je mehr uns die Klassenkameraden erzählten, was
sie alles nach der Schule unternehmen konnten,
um so deprimierter waren wir, denn wir durften
nach wie vor kein Hobby haben, wir durften nach
wie vor keinem Sportverein beitreten. Je älter wir
wurden, umso schlimmer war es für uns, wir
wollten auch mal etwas anderes tun, vielleicht
sogar mit ihnen gemeinsam, aber davon konnten
wir nur träumen.

Es gab Abende da erdrückten mich die alten
Mauern, ich wollte einfach hinaus und etwas
anderes tun, mich mit anderen Kameradinnen
treffen, Sport machen oder eine Gitarre üben, egal
was, irgendetwas was einfach Spaß machte? Ich
träumte oft davon, wie schön das wäre, einmal aus
dem Kloster auszubrechen und etwas ganz
verrücktes tun, einfach so, weil es mir Spaß
machte.

Wir älteren Klosterschülerinnen waren uns einig,
dass wir uns in diesem Kloster total langweilten,
weil wir nichts tun konnten, was wir gerne
machen wollten, wir alle hassten das Heim, wir
mussten nur das tun, was uns die Schwestern

befahlen, wir kamen uns vor, als wären wir in einem Arbeitslager und die Schwestern standen hinter uns mit einer Peitsche, ihre miese Laune konnten wir nicht mehr ertragen und ihre Bestrafungen hatten sich im Laufe der Jahre auch nicht gebessert. Ein Radio besaßen wir nach wie vor im Kloster nicht, geschweige ein Fernsehgerät, ein Radiogerät wäre doch nicht zu viel verlangt gewesen. Wir hatten null Unterhaltung, die für uns junge Menschen geeignet gewesen wäre.

Ich hatte nur noch einen Wunsch, dieses alte Gemäuer und die alten Schwestern zu verlassen, auf diesen Tag musste ich warten und ich schwor mir, keinen Tag länger als es sein müsste. Aber mit diesem Wunsch war ich nicht alleine.

Oft unterhielten wir uns über dieses Thema und was wir dann alles unternehmen würden, ich hörte gerade von den älteren Mädchen, die tollsten Wünsche, einige wollten tatsächlich noch ihre Realschule oder Gymnasium nachholen und vielleicht dann noch ein Studium machen.

Einige wollten erst eine Berufsausbildung machen und danach sich überlegen, wie es weitergehen sollte. Andere wollten alles auf sich zukommen lassen, sie waren wie ich, noch total Planlos. Ich war noch ein paar Jahre jünger, als die anderen Mädchen, ich dachte mir, vielleicht sollte ich mir auch ein paar Pläne zurechtlegen. Aber würden die wirklich in Erfüllung gehen, wer weiß?

Aber ich wusste, ich hatte noch drei lange Jahre Schule vor mir, dieselbe Zeit musste ich noch die gemeinen Schwestern aushalten, den Pfarrer, der eigentlich für uns zuständig war, sah ich ganz selten, er schaute nur mal schnell nach dem Rechten und war dann genauso schnell verschwunden, meistens sah ich ihn nur in der Kirche. Damals gab es nur 7 Jahre Grund und Hauptschule, dann war die Schulzeit vorüber, das achte Schuljahr wurde kurze Zeit später eingeführt. Mir reichten in diesem Fall schon die sieben Jahre.

Jetzt wusste ich mit Sicherheit, wenn ich aus dem Kloster entlassen werde, konnte ich keine Kirche mehr von innen sehen, nur wenn es unbedingt sein musste. Täglich musste ich in die Kirche gehen und genauso oft beten, deswegen konnte ich es nicht mehr ertragen, ich wollte mich nur noch von diesem Zeremoniell befreien und wusste, das werde es nie mehr tun. Ich wusste, irgendwann würde der Tag kommen, dann werde ich erst Mal tief durch Atmen und endlich frei sein.

Aber das Kloster gab keine Ruhe, die Firmung stand uns noch bevor und wir mussten noch ein paar Stunden Kirche zulegen, wie ich dieses Zeremoniell inzwischen hasste, wir wurden wie immer darauf vorbereitet und dazu gezwungen.

In unserer Klosterkirche fand die Firmung statt, natürlich waren wir Mädchen und Jungs getrennt, wir hatten keine schönen Kleider an, wir hatten nur unsere einfache Klostertracht an. Wir wurden nicht nach dem Essen von unseren Firmpaten zu einem schönen Essen oder zu einem schönen Ausflug in einem Freizeitpark eingeladen, dazu mit einem weiteren schönen Geschenk überrascht, zum Beispiel, einer ganz tollen Uhr. Davon konnten wir Klostermädchen nur träumen, wir mussten das tun, was die alten Klosterschwestern von uns verlangten, beten und arbeiten, sonst nichts.

Genauso, wie bei unserer Kommunion hörten wir von unseren Mitschülerinnen die tollsten Geschichten, einige meiner Freundinnen trauten sich nicht ihre schöne Geschichte vor uns zu erzählen, denn sie wussten, das wir nichts zu unserer Firmung bekamen, nicht einmal ein extra gutes Essen, es war wirklich beschämend, was wir zur Firmung bekamen.

Ich weiß es noch wie heute, das einzige was ich bekam von meiner Firmpatin, das war ausgerechnet die alte, böse Klosterschwester, die ich besonders hasste und weil ich nicht so wollte, als sie es gerne gehabt hätte, bekam ich eine schallende Ohrfeige, das es durch die ganze Kirche hallte, das war alles, was ich von meiner Patin bekam und diese Ohrfeige spürte ich an meinem besonderen Tag sehr lange. Meinen Schulfreundinnen konnte ich nur erzählen, das ich von meiner Firmpatin nur etwas ganz kräftiges Handgemachtes bekam, das ich noch sehr lange spüren werde.

Zwei lange Schuljahre quälte ich mich noch durch, es waren keine schönen Jahre, die Zeit kam mir unendlich vor, es machte nichts Spaß, was hätte schon Spaß bereiten sollen, es war nichts vorhanden, was Spaß bereiten würde, den anderen Leidensgenossinnen erging es nicht besser.

Das einzige was uns zwischen durch Spaß machte, den alten blöden Schwestern eins auszuwischen, je größer wir wurden, umso raffinierter wurden die Streiche, aber umso härter wurden die Strafen. Aber die nahmen wir in Kauf, geschlagen wurden wir sonst auch, also sagten wir uns, auf eine Strafe mehr oder weniger kam es uns nicht an.

Bei uns älteren Klosterschülerinnen nahmen die Schwestern jetzt zur Strafe Bambusstöcke, wir mussten die Hände ausstrecken und dann schlugen die gemeinen Schwestern zu, genau auf die Fingerspitzen, dass es richtig wehtat, aber sie schlugen nicht nur einmal zu, sondern mindestens zehnmal, zog ich einmal die Hand weg, dann wiederholte die Schwester den Schlag und es gab noch einen obendrauf, das war von ihnen richtig gemein. Oft dachte ich mir, wenn ich es den bösen Klosterpritschen einmal heimzahlen könnte, das wäre schön, das würde mir richtig guttun.

Was durften meine anderen Schulkameradinnen, sie durften moderne Musik hören, sie konnten darauf tanzen, sie konnten einen Tanzkurs besuchen, ein paar Eltern besaßen den ersten schwarz weiß Fernseher und sie konnten am Abend Nachrichten oder einen Film gemeinsam anschauen, Sie konnten einen lustigen und unterhaltsamen Nachmittag und Abend verbringen mit der Familie oder mit ihren Freundinnen.

In der siebten Klasse hatten die ersten Mädchen einen Freund, sie konnten zusammen etwas unternehmen, auch wenn sie vielleicht nur zusammen Schlittschuhlaufen gingen oder einen Kinofilm anschauten und dabei den ersten Kuss austauschten. Meine Freundin und ich konnten nur neidisch zuschauen und fragten uns, was haben wir verbrochen, das wir in so einem Heim aufwachsen mussten.

Einige Klassenkameradinnen wurden schon von ihrem Freund abgeholt und sie gingen Arm in Arm zusammen weg, sie konnten tun, was sie wollten und mit wem sie wollten, sie konnten auch ein paar Zärtlichkeiten austauschen. Wir wurden nach wie vor, von den alten Schwestern abgeholt, sie schauten sofort um sich, dass kein männliches Wesen, uns zu nahe kommen könnte.

Kein einziger Schüler, versuchte sich uns zu nähern, wahrscheinlich wussten die Jungs schon lange, dass eine Freundschaft mit uns zwecklos sein würde. Meiner Freundin und mir kam es so vor, als wenn wir das Zeichen unseres Klosters auf der Stirn trugen und somit kein Junge mit uns eine Freundschaft wollte, denn wir waren aussätzige.

Wir hatten niemand mit dem wir Zärtlichkeiten austauschen konnten, wir kannten nur, den Bambusstock der öfters auf unsere Fingerspitzen einschlug. Wir konnten nur diesen Mädchen mit ihren Freunden traurig hinterherschauen und hoffen, dass alles einmal anders werden würde.

Jeden Tag hakte ich an meinem Kalender ab und zählte die Tage, die ich noch in diesem beschissenen Kloster verbringen musste und hoffte, das danach alles besser werden würde. Meine Freundin und ich sagten uns, wir versuchen in diesem Schuljahr, das wir einigermaßen gute Noten bekommen und somit einen guten Abschluss haben, damit wir nach dem Kloster etwas damit anfangen können, vielleicht eine Lehre beginnen können.

Ich habe mir damals vorgestellt, das ich einmal als Kinderkrankenschwester oder eine kaufmännische Lehre beginnen würde, danach irgendwo in einem Verkauf oder als Krankenschwester in einem Krankenhaus auf einer Säuglingsstation arbeiten würde und endlich mein erstes Geld verdiene, was habe ich mir alles in Gedanken vorgestellt, was ich mir von meinem

ersten Gehalt alles kaufen würde, aber kann ich
das wirklich alles tun, manchmal hatte ich
Zweifel, dass mir das wirklich gelingen würde?

Was bettelten wir die Schwestern oft an, das wir
auch mal in ein Kino gehen oder etwas anderes
machen dürften, aber alles wurde Stur abgeblockt,
wenn wir bei den Bitten etwas lauter wurden,
wurden wir handgreiflich bestraft oder wurden in
ein Zimmer für ein paar Stunden eingesperrt. Was
natürlich zur Folge hatte, dass wir, die
Klosterweiber noch mehr hassten, als vorher
schon. Der Drang nach draußen wurde immer
noch größer, ich wollte nur noch frei sein, mehr
nicht. Das ganze Kloster war für mich nur noch
unerträglich!

Als ich dreizehn oder vierzehn Jahre alt war,
meldeten sich bei mir leichte Bauchschmerzen an
und ich bekam die ersten Blutungen. Keine der
Schwestern fand es für nötig uns größeren
Mädchen darüber aufzuklären. Alles wurde
geheim gehalten, ich bekam den Eindruck, sie
besaßen die Meinung, je weniger wir wissen,
umso weniger können wir fragen und auch tun.

Natürlich bemerkte ich nach einiger Zeit, das in meiner Unterhose ein paar Tröpfchen Blut waren, ich versuchte eine Schwester zu kontaktieren, die erste Schwester schaute mich ganz entsetzt an und ich bemerkte sofort, dass es dieser Schwester lästig war, das ich sie gefragt hatte. Sie schob mich gleich auf die Seite und sagte, ich solle eine andere Schwester fragen.

So kam es, dass ich mal wieder bei Schwester Klementine gelandet war und ich fragte sie ganz vorsichtig, sie lachte daraufhin lieb und sagte: „Dass dies eine ganz normale Sache sei, nichts Schlimmes." Klementine erzählte mir nur das wichtigste über meine Blutungen, sie gab sich Mühe, aber warum ich sie bekam, das wollte oder konnte sie mir nicht erklären?

Sie führte mich in einen Raum hinein und bat mich, sich komplett zu entkleiden, ich fand das sehr unangenehm, es war für mich sehr peinlich. Die Schwester entschuldigte sich, denn es sei ihr auch peinlich, das sie nachschauen muss. Aber das Kloster und die Oberschwestern wollen es so. Sie schaute tatsächlich mit der Hand nach, ob ich wirklich Blutungen hatte. Erst als sie Blut an ihrer Hand entdeckte, bekam ich eine Stoffbinde, die ich in meine Unterhose tun musste. Natürlich zeigte mir Klementine, wie ich das machen musste, sie war sehr freundlich und vorsichtig dabei. Dann konnte ich mich erst wieder komplett anziehen.

Damals gab es nur diese alten Stoffbinden, es gab noch nicht saugfähige, weiche Binden, die so einfach zu wechseln sind, damals warf man die Stoffbinden nicht weg, sie wurden nach jedem tragen gewaschen, aufgehängt, getrocknet und konnten, dann wieder verwendet werden.

Die Unterwäsche damals, waren die reinsten Liebestöter, mir kamen sie allerdings es so vor, als wären die Unterhosen aus dem achtzehnten Jahrhundert gewesen. Ich wollte nicht wissen, wie viele andere Mädchen die schon getragen haben. Genauso, diese Binden wurden bestimmt schon tausend Mal benutzt und das von mindestens hundert verschiedenen Mädchen, ich darf gar nicht mehr daran denken, sonst würde es mir heute noch schlecht werden. Vielleicht benutzten die alten, versifften Stoffbinden die alten Klosterweiber auch schon, wenn ich darüber nachdenke, wird es mir übel.

Ich fragte mich, warum und wieso ich diese Blutungen bekam, durfte mich Schwester Klementine nicht aufklären, denn es sei für mich noch zu früh, das ich so etwas wissen dürfe? Ich verstand mal wieder die Welt nicht mehr, wenn irgendetwas sich in seinem Körper verändert, dann will man doch wissen warum? Die anderen Klostermädchen in meinem Alter wussten natürlich auch nichts, meine Freundin wusste noch gar nichts von einer Periode, aber sie hatte die richtige Idee und meinte: „Wir fragen ganz einfach in der Pause unsere Lehrerin, ob die uns aufklären konnte, die sagt es uns bestimmt!"

Als die erste Schulpause begann, gingen wir zusammen auf unsere Lehrerin zu und fragten zusammen: „Ob sie uns erklären kann, warum ich eine Periode bekommen habe." Sie schaute uns nur komisch an und fragte: „Warum klären die Schwestern euch nicht auf?" Wir antworteten sofort: „Das dürfen angeblich die Schwestern nicht?" Die Lehrerin antwortete nur: „Die verklemmten Schwestern dürfen nicht, das hätte ich mir denken können." Daraufhin sagte sie nur: „Ich frage den Rektor, dann kläre ich gleich alle Schülerinnen auf."

Einen Tag später, sagte die Lehrerin vor der Klasse: „Dass sie eine Anfrage von zwei Schülerinnen bekommen habe, die eine Aufklärung über den Monatszyklus oder Regelblutungen haben möchten." Sofort meuterten ein paar Klassenkameradinnen und sie meinten, wer will das noch wissen? Die Lehrerin rückte die Schülerinnen gleich zurecht und sagte: „Es hat nicht jeder eine Mutter, die euch aufklären können." Dann kam es sofort zurück, ach, die Klostermädchen, die sind doch verklemmt! Die Lehrerin zeigte, dass sie enttäuscht war, über die Antwort. Sofort korrigierte die Schülerin ihre Aussage: „Ich meinte eigentlich die Klosterschwestern, am liebsten würde ich ihnen mal etwas sagen." Die Lehrerin sagte daraufhin: „Übertreibt es nicht, sonst habe ich nur wieder den Ärger." Die ganze Klasse lachte daraufhin.

Ich kann mich daran sehr gut erinnern, weil sich meine Mitschülerinnen eines Tages in der Nähe aufhielten. Ein paar Schülerinnen warteten mit ihrem Freund Arm in Arm, bis uns die Schwestern abholten, dann riefen sie den Schwestern zu, sie sollen uns doch in einen Glaskasten stellen, damit uns ja kein Junge berühren könne oder schief anschauen können. Sie riefen den Schwestern noch ein paar Schimpfwörter hinterher, die ich

hier besser nicht erwähnen werde. Seit diesem
Tag, hatte ich ein viel besseres Verhältnis zu
meinen Klassenkameradinnen, schade, ich hätte
mir gewünscht, das wäre schon viel früher
passiert.

Natürlich ließen sich das die Klosterschwestern
nicht gefallen und gingen sofort direkt zum
Schulrektor und der ließ meine Lehrerin antanzen.
Sie berichtete uns am nächsten Tag, die
Schwestern wären über das Vorgefallene gar nicht
erfreut gewesen, sie waren total außer sich, die
üblen Nachrufe wollen sie sich nicht gefallen
lassen und somit sollten die Schüler und
Schülerinnen sofort schwer bestraft werden.
Unsere Lehrerin meinte daraufhin: „Die
Beleidigungen sind allerdings außerhalb der
Schule aufgetreten, das geht sie nichts an und
dazu sei auch ihr Chef gestanden."

Die Klosterschwestern waren noch sehr wütend
darüber, dass meine Freundin und ich aufgeklärt
wurden. Sie fauchten und schrien uns sehr böse
an: „Wie wir darauf kommen, uns von unserer
Lehrerin aufklären zu lassen, so etwas darf in
einem Kloster nicht vorkommen, das gehe uns gar
nichts an, wir sind in einem sehr strengen
Kloster." Das hatte ich leider schon sehr lange

bemerkt, dass wir in einem sehr strengen Gefängnis waren.

Damit wir auf keine weiteren dummen Gedanken kamen, hatten sie sehr viele Schläge mit einem Bambusstock für uns vorgesehen, so viele bekam ich, wegen einem Streich noch nie, meine Hand war daraufhin geschwollen. Wir wurden für unsere Aufklärung in der Schule richtig fertiggemacht, psychisch und körperlich. Meine Hände waren tagelang geschwollen, ich konnte meinen Tintenfüller in meiner rechten Hand kaum halten und deswegen sehr schlecht schreiben. Meine Lehrerin und meine Kameradinnen waren entsetzt, als sie unsere Hände anschauten. Ich weiß bis heute nicht, wie das die Schwestern herausbekamen, das wir eine Schulstunde Aufklärungsunterricht bekamen. Ich verstand es auch nicht, warum sie darüber so außer sich waren, sie waren wie von Sinnen.

Unsere Situation in dem Kloster war schon schlimm genug, aber ab diesem Tag wurde es für meine Freundin und mich noch dramatischer. Ab diesem Tag wurden wir von den Schwestern total fertiggemacht, wir wurden angeschrien und beschimpft, von einzelnen Schwestern wurden wir bespuckt und als Huren beschimpft: „Wir würden, wenn wir so weitermachen, als Nutten auf der

Straße landen, so etwas haben wir in unserem keuschen Kloster großgezogen. Schämt euch, so etwas hatte uns, in eurem Alter nie interessiert, als Klosterschülerinnen hättet ihr bei diesem Unterricht sofort das Klassenzimmer verlassen müssen."

Ich glaube, ich hatte damals nur, warum gefragt? Daraufhin bekam ich furchtbare Prügel, das ich sie nie mehr vergessen werde, deswegen war mein Körper mit unzähligen blauen Flecken übersät, mein ganzer Körper schmerzte furchtbar. Ich heulte die ganze Nacht vor Schmerzen, ich verstand die Welt nicht mehr, ich dachte, ich hatte doch nichts Böses getan und wofür wurde ich eigentlich geschlagen?

Meine Freundinnen in der Schule bemerkten natürlich, das mit meiner Freundin und mir etwas nicht stimmte, ich zeigte ihnen meine Hände und meine furchtbaren blauen Flecken. Obwohl ich es nicht wollte, gingen sie trotzdem zur Lehrerin, sie holte uns aus der Klasse und ging mit uns zum Rektor.

Der schaute uns beide sehr ernst an und ich sagte ihm: „Er soll nichts den Schwestern erzählen, sonst bekommen wir, nur noch mehr Prügel und strafen." Der Rektor schrie vor Wut, vor sich hin: „Am liebsten würde er es den Schwestern zeigen, aber ihr habt recht, ihr bekommt danach die nächste Prügelstrafe."

Als wir zurück im Klassenzimmer waren, bat die Lehrerin ihre gesamte Klasse, sie sollen den Schwestern nichts Unanständiges mehr zurufen, sonst müssten wir noch mehr leiden und bekämen neue fürchterliche Schläge. Eine fürchterliche Panik überfiel mich, wenn ich nur daran dachte, bald ist der Unterricht zu Ende, danach werde ich von den brutalen Klosterweiber abgeholt und ich muss zurück ins Kloster, dort wartet auf mich bestimmt der Bambusstock?

Als wir die Schule verließen, konnten ein paar Mädchen und Jungs ihren Mund nicht halten und schrien den Schwestern ein paar gemeine Sachen nach. Die Schwestern wussten sofort, dass es um uns ging. Prügelschwestern und so weiter, schrien sie ihnen nach. Eine der Schwestern sagte zischend zu meiner Freundin, wartet nur, bis wir im Kloster sind, das sagte sehr viel aus, was uns daraufhin erwarten würde.

Die alten gemeinen Weiber waren sehr wütend auf uns, ich spürte jetzt schon ihre Schläge auf meiner Haut, ich zitterte am ganzen Körper vor Angst, ich wollte nur noch davon laufen, wenn ich gewusst hätte wohin, dann hätte ich es sofort getan.

Ich wollte diese fürchterlichen und aus reiner Wut geschlagenen Prügel nicht mehr aushalten. Ich wollte diese erniedrigten Worte von ihnen nicht mehr hören, manchmal wenn die Schmerzen zu groß waren und mich eine Wut überkam, dann schrie ich sie in meiner Verzweiflung wütend an und aus mir sprudelten Worte heraus, die ich mir sonst nicht sagen traute.

Daraufhin schlugen sie noch mehr auf mich ein und sagten noch gemeinere Dinge zu mir. Diese Worte, die sie wählten und wenn man sie so schreien hörte, wäre man nie auf den Gedanken gekommen, es wären Klosterschwestern aus einem strengen, katholischen Kloster: „Da sieht man doch, warum dich dein Vater weggegeben hat, das hat er nicht umsonst gemacht, so etwas kann man nicht zu Hause brauchen, du hast schon als kleine Göre nichts getaugt, dich kann man doch mit deinen anderen Geschwistern nicht zusammen lassen, du würdest alle genauso verderben, du bist kein Umgang für normale

Menschen." Viele solcher gemeine Sätze oder andere dieser Art, musste ich immer wieder über mich ergehen lassen. Ich wurde von diesen Schwestern systematisch fertiggemacht, bis ich heulend auf den Boden lag und selbst daran glaubte, dass ich nichts mehr Wert bin und keine Lebensberechtigung besitze.

Als meine Schmerzen etwas nachließen, sagte ich mir: „Ein Schuljahr werde ich noch durchstehen" und ich hoffte, dass mich die anderen Klassenkameradinnen dabei unterstützen werden. Ich schwor mir: „Dass ich meine Zähne zusammenbeißen werde und bis zum letzten Tag kämpfe, ich werde jeden Tag zählen, den ich hinter mir habe. Diesen alten gemeinen Schwestern werde ich es noch zeigen, dass man mich nicht so leicht fertigmachen kann, so wahr wie ich Elfriede Denk heiße."

Kaum hatten meine Schmerzen etwas nachgelassen, zogen nach dem Abendessen zwei alte böse Schwestern meine Freundin und mich in einen kleinen Raum und dann ließen sie ihre Wut mit einem Bambusstock an uns aus. Rasend wie Furien gingen sie auf uns los, sie schlugen damit wahllos auf uns ein, ihnen muss es egal gewesen sein, wo sie uns trafen, wir konnten nur noch unsere Hände schützend vor unser Gesicht halten, damit sie uns dort nicht so oft trafen.

Ich hoffte nur noch, dass es bald vorüber sein würde. Aber wenn es zwei Schwestern waren, die uns bestraften, dann hörten sie so schnell nicht auf, ich glaubte, jede Schwester wollte zeigen, wie gut sie auf uns einschlagen konnte. Es war schrecklich, ein Alptraum hatte sich aufgetan.

Als ich im Bett war, konnte ich vor Schmerzen nicht mehr liegen, geschweige ruhig schlafen. Überall an meinem ganzen Körper hatte ich große Schmerzen und blaue Flecken, ich wollte jetzt in keinen Spiegel schauen, bestimmt würde ich erschrecken. Ich fragte mich, warum hatten mich die Klosterschwestern heute zweimal verprügelt?

Als ich in der Frühe aufstehen musste, glaubte ich, dass ich nicht in die Schule gehen konnte, natürlich wurde ich sehr unsanft aus dem Bett geschmissen, nach wie vor schlief eine Schwester auf einem Podest im Schlafraum, sofort wurde ich grob am Arm gepackt, der sofort furchtbar Weh tat und ich schrie sofort vor Schmerzen. Trotzdem wurde ich brutal aus dem Bett gezogen und eine Hand landete mir mitten im Gesicht. Zudem wurde ich natürlich schwer beleidigt und beschimpft, aber das Morgengebet musste gesprochen werden, ich konnte mich kaum mehr auf den Füßen halten.

Diese Klosterfrauen waren, wahre Monster, sie kannten keine Liebe, Freude oder eine Zuneigung, Hilfe oder eine nette Geste, das stand nicht auf ihrer Tagesliste. Wenn dieses Kloster ein Haus der Liebe sein sollte, dann konnte ich das mit Sicherheit nicht bestätigen, dieses katholische, strenge Kinderheim, werde ich nie gut in Erinnerung haben. Für mich war das ein Haus des Schreckens.

Auf dem Weg zur Schule erhielten wir Drohungen: „Damit wir ja nichts in der Schule von unserer körperlichen und seelischen Misshandlungen erzählen, wenn das geschieht, dann haben wir noch viel Schlimmeres zu erwarten."

Als meine Freundin und ich das Klassenzimmer betraten, brauchten wir nichts erzählen, sie sahen sofort, was sich nach der Schule zugetragen hat. Sie wollten unsere großen, blauen Flecken anschauen. Auch die Lehrerin sah sich das an und sie zeigte ein sehr besorgtes Gesicht. Eine Klassenkameradin entschuldigte sich bei meiner Freundin und bei mir, weil sie einer Schwester etwas nachgerufen hatte. Ich glaube, ich habe nur zu ihr gesagt: „Auch wenn du nichts nachgerufen hättest, dann wären sie trotzdem ausgerastet, ich denke, es spielte keine wesentliche Rolle, was du getan hast."

Als wir nach dem Unterricht uns vor der Schule versammelten und von den alten bösen Klosterfrauen in Empfang genommen wurden, rief keiner mehr etwas den bösen Frauen hinterher. Es war verhältnismäßig ruhig, eine gewisse Spannung war in der Luft, das beunruhigte diese alten Weiber und natürlich waren wir wie immer die Schuldigen. Trotzdem schauten sie sich immer wieder sehr nervös um.

Somit besaßen sie einen Grund uns zu bestrafen, wir bekamen nicht nur Schläge, jetzt fingen sie etwas ganz Neues an, uns vor dem Abendessen in den kleinen, dunklen Raum zu stoßen und einzusperren, immer neue Bestrafungsmethoden dachten sie sich aus, jetzt ließen sie wirklich keinen Tag mehr aus. Bis wir schlafen gehen mussten, ließen sie uns in dem Zimmer ohne Licht ausharren. Sie glaubten, sie könnten uns mürbe machen, aber dagegen kämpften wir an.

Aber was ich nicht glauben verstehen konnte, als ich nach dem nächsten Zyklus meine Blutungen bekam und eine Binde brauchte, musste ich mich wieder komplett ausziehen und diesmal wurde ich von einer anderen Schwester sehr unsanft kontrolliert, sie tat mir sehr weh und sie hatte mich eine Schlampe genannt.

Ich fragte mich, was soll das, ich kann doch nichts dafür, dass ich diese blöden Blutungen bekam, ich wollte sie genauso wenig, aber die Natur hat es so vorgesehen, das wir Mädchen irgendwann diese Periode bekommen, ob wir wollten oder nicht. Ich befahl den alten Weibern nicht, dass sie mich kontrollieren müssen, ob ich die beschissene Periode bekam, ich brauchte nur die alten versifften Binden, dann wäre alles in Ordnung gewesen. Diese alten, versifften Stoffbinden gehörten eigentlich nur in den Müll, und nicht in meine Unterhosen.

Ein paar Mitschülerinnen mit denen meine Freundin und ich uns gut verstanden, wollten uns sogar ein paar Kleidungsstücke von ihnen überreichen, die sie nicht mehr tragen wollten. Meine Freundin und ich, waren damals sofort sehr begeistert und angetan von diesem schönen Geschenk, wenn wir das tragen könnten, aber leider war das unmöglich, die alten

Klosterdrachen hätten uns die schönen modernen Kleidungsstücke vom Leib gerissen und natürlich bekämen wir die Höchststrafe. Wir waren sehr niedergeschlagen, dass wir die schönen Geschenke nicht annehmen konnten, es wäre ein Traum gewesen. Wir durften absolut nichts besitzen, auch wenn es ein Geschenk war.

Aber meine lieben Klassenkameradinnen, die mit uns Mitleid hatten, wollten trotzdem uns etwas schenken, sie hatten von ihren Eltern Feinstrumpfhosen bekommen, die ihnen nicht gefielen, diese wollten sie uns unbedingt schenken, damit wir auch etwas Modernes tragen konnten. Diese freundlichen Mitschülerinnen meinten: „Die alten bösen Drachen, werden das bestimmt nicht entdecken." Das war eine Freude, das wir endlich einmal so eine super moderne Feinstrumpfhose tragen durften, wir zogen sie schnell auf der Schultoilette an und glaubten wirklich, dass die Klosterweiber sie nicht entdecken. Wir waren sehr stolz, das wir auch einmal so ein Stück tragen konnten.

Aber schon beim Abendessen sahen die alten Klosterweiber unsere Strumpfhose, sofort mussten wir das erworbene Stück ausziehen, vor den anderen Klosterkindern und die Strafe folgte an Ort und Stelle, wir bekamen von den schrulligen Schwestern sofort Prügel und die anderen Mädchen wurden belehrt, das sie so etwas nie in diesem Kloster tragen dürften, nur Huren würden Feinstrumpfhosen tragen und wenn wir uns so weiter benehmen, würden wir auf einem Straßenstrich landen.

Meine Freundin und ich waren nach den Schlägen und der entwendeten Strumpfhose sehr zornig. Die Schwestern nahmen sie sofort an sich, aber wir sahen, dass sie nicht in den Müll geworfen wurden, sie verschwand einfach in ihren Händen auf nimmer wieder sehen. Aber wir wollten nicht aufgeben, wir wollten uns von diesen Schwestern nicht klein kriegen lassen.

Immer wieder bekamen wir diese Strumpfhosen von meinen Mitschülerinnen geschenkt und gerade mit Fleiß nahmen wir sie immer wieder entgegen. Wir wussten, dass wir sehr vorsichtig sein mussten, das die alten Drachen sie nicht wieder entdecken würden.

Aber wir hatten das große Pech, früher oder
später entdeckten sie unsere Strumpfhosen und
wir mussten unsere konsequenten ertragen und
wir waren die zukünftigen Huren aus einem
keuschen und strengen Kloster.

Weil wir unsere Strafe jeden Tag bekam, nahmen
wir auch inzwischen kleinere Accessoires an und
ich versteckte sie in meinem kleinen Schrank,
aber es kam, sowie es kommen musste, die
neugierigen Schwestern kontrollierten auch diesen
und entdeckten meine heimlich geschmuggelten
schönen Stücke.

Ich regte mich furchtbar auf, als sie meine Sachen
wegnahmen, es waren meine Geschenke, es
gehörte mir, ich wollte sie später tragen und es
war ein Andenken von meinen Mitschülerinnen.
Es war sehr schlimm für mich, das sie mir die
letzten Sachen wegnahmen und dafür bekam ich
noch eine furchtbare Strafe.

Es war sehr deprimierend für mich, weil ich
nichts eigenes Besitzen durfte, nicht ein paar
persönliche Geschenke und wenn sie noch so
klein waren.

Die schlimmste und gemeinste Schwester, eine Oberschwester, sie fand in meinem Schrank sogar ein paar Utensilien zum Schminken, die ich von einer Mitschülerin geschenkt bekam, somit war das große Theater perfekt, ich konnte es schon nicht mehr hören, meine Freundin war genauso dran. Wir wollten uns auch einmal heimlich schminken und etwas für unser Aussehen tun, aber diese Klosterdrachen vergönnten uns gar nichts.

Was wir uns anhören mussten, das konnte man sich denken: „Wir sind die schlimmsten Mädchen die das Kloster jemals beherbergte, wir bringen das ganze Kloster in Verruf. Nur Huren schmieren sich mit dem Zeug an." Daraufhin nahm sie mir meine Sachen weg und verschwand sehr schnell damit, horteten sie unsere Schminkutensilien auf ihrem Zimmer, für wen machten sich die Klosterschwestern schön? Wir waren junge Mädchen, wir wollten uns auch mal etwas stylen, aber nichts war uns vergönnt, nichts durften wir besitzen.

Meine lieben Klassenkameradinnen bekamen von ihren Eltern jeden Tag Süßigkeiten mit und da sie mit uns Mitleid hatten, gaben sie uns immer etwas ab. Sie besaß immer die neuesten und besten Leckereien. Meine Freundin und ich freuten uns immer, wenn wir davon naschen durften, einmal hatte eine Schülerin den neuesten und besten Kaugummi dabei und sie verteilte ein paar an ihre Freundinnen und natürlich bekamen wir auch einen davon ab.

War dieser lecker, es war für mich ein ganz neues Gefühl zu naschen, ich dachten mir nichts dabei, es war nur eine Süßigkeit, die ich geschenkt bekam und kaute den leckeren Kaugummi sehr lange, ich wollte das gute Stück nicht mehr aus dem Mund nehmen. Unsere Lehrerin hatte nichts dagegen, dass ich einen Kaugummi kaute, nur wollte sie nicht, das ich Blasen damit machte und den Unterricht damit störte.

Wie immer wurden wir abgeholt und wir dachten nicht daran, dass wir den Kaugummi aus dem Mund nahmen. Die Schwestern waren noch nicht ganz bei uns und sie sahen, dass wir etwas im Mund kauten. Wie zwei Furien kamen sie auf uns zu und schrien uns an: „Was habt ihr da im Mund, sofort heraus damit." Wir nahmen den Kaugummi aus dem Mund und sagten, dass wir nur einen

Kaugummi von unseren Freundinnen bekommen haben.

Wir hatten das noch nicht ausgesprochen, klatsche schon eine Hand, das erste Mal in mein Gesicht und ein altes Klosterweib schrie mich hysterisch an, ihr habt von diesen verzogenen Mädchen nichts zu nehmen, ihr bekommt im Kloster, alles was ihr braucht, fremde Süßigkeiten nimmt kein Klostermädchen, dazu noch dieses blöde amerikanische Zeug und das Kauen sieht ordinär aus, das nehmen nur Huren, aber ihr landet so und so auf den Straßenstrich, ich will euch nie mehr mit Süßigkeiten von diesen verzogenen Weibern sehen.

Daraufhin klatsche ihre Hand noch einmal links und rechts in mein Gesicht und das vor allen anderen Mitschülerinnen, die für diese Aktion von den Schwestern kein Verständnis hatten. Ich schämte mich und wollte vor meinen Freundinnen am liebsten in den Erdboden versinken.

Natürlich schrien sie den Schwestern noch ein paar richtige gemeine Sätze nach, die ich besser nicht erwähne, aber diese Worte machten sie noch zorniger und sie schlugen uns noch einmal, vor allen Mitschülern ein paar Mal ins Gesicht und schrien dabei hysterisch, da hört ihr es, was für einen Umgang ihr habt, ihr seid das Letzte, was das Kloster gebraucht hat. Danach zogen sie uns einfach mit.

Den ganzen Weg bis ins Kloster bekamen wir unsanfte Worte zu hören, was für schlechte Weiber wir seien und was aus uns werden würde, wenn wir so weiter machen, werden wir bestimmt auf der Straße landen. Ich dachte mir, den schlechteren Umgang haben wir im Kloster, wir sind froh, wenn wir in der Schule waren, damit wir, mit normalen Menschen zusammen kamen. Vielleicht ist es besser auf der Straße zu sein, als in einem Kloster mit den bösen, gemeinen Weibern zu leben.

Im Kloster wurden wir danach, wie immer aufgeklärt, was wir für eine Pflicht, als Klostermädchen haben, wir wurden in ein Zimmer einsperrt und mit Schlägen wurde uns eingetrichtert, was wir als braves Klostermädchen tun und nicht machen sollten und das wir von anderen verzogenen Mädchen nichts annehmen durften. Denn wir leben in einem strengen, katholischen Kloster und danach haben wir uns zu richten.

Ich frage mich heute noch, warum darf man von seinen Mitschülerinnen keine Geschenke annehmen, wenn man selbst nichts besitzt, vor allem keine Süßigkeiten, da ist doch nichts dabei, man macht doch nichts Unerlaubtes. Deswegen möchte ich behaupten, das ist doch keine Sünde. Ich denke, da würde Gott bestimmt auch nichts dagegen haben, wenn man an einem Kaugummi seine Freude hat. Darum möchte ich behaupten, diese gemeinen Strafen, waren oft nur Schikane, vielleicht weil sie selbst nichts besaßen und nichts tun durften, was sie eigentlich wollten. Aber dann waren sie eigentlich am falschen Platz und Ort, sie haben somit in einem Kloster nichts verloren.

Eine ausgelassene Feier oder einen gemeinsamen gemütlichen Abend, so etwas kannten wir nicht, das war fremd im Kloster, eine Freude kannten wir nicht, die einzige Freude, die ich kannte, war, wenn ich in die Schule gehen konnte und mit meinen Schulfreundinnen zusammen sein konnte, das fand ich, als eine wirkliche Abwechslung und das war die einzige Freude, die ich kannte, die Schule war inzwischen der einzige Ort, wo ich mich wohlfühlte. Ich weiß, es war einmal anders, aber das hat sich nach einer langen Zeit geändert, wir wurden eben etwas älter und vernünftiger.

Was wäre passiert, wenn die bösen, strengen Schwestern uns mit einer Zigarette erwischt hätten, so wie sie mich die letzten Tage verprügelten, ist es eigentlich nicht mehr zu übertreffen, aber die alten, bösen Klosterschwestern würden es versuchen, ich könnte mir diese Strafe nicht vorstellen. Ich glaube, die Schwestern hätten uns die Zigarette vor den anderen Schülern aus dem Mund geschlagen und die Prügelstrafe wäre an Ort und Stelle vollzogen worden, bis wir sehr wahrscheinlich nicht mehr auf die Füße gekommen wären. Im Kloster wäre das Martyrium weiter gegangen und in diesem Fall stelle ich mir vor, dass sie mich geschlagen hätten, bis zur Bewusstlosigkeit. Diese Schwestern kannten bei einer Strafe keine Grenze.

In meiner Schule kannte ich ein paar Mädchen und Jungs, die eine Zigarette rauchten, aber das interessierte mich nicht. Wir wussten auch nicht, was eine Zigarette ist und für was das gut sein sollte. Wir kannten nichts von der Außenwelt, wir bekamen nichts mit, was außerhalb des Klosters vor sich ging.

Ich war im letzten Schuljahr und keine der Schwestern kam auf uns zu und fragte, was wir älteren Mädchen erlernen wollen, auch unserem zuständigen Pfarrer interessierte das nicht. Somit fassten meine Freundin und ich ein Herz und wir fragten unsere Schwestern: „Ob wir zusammen nicht einmal eine geeignete Lehrstelle für uns suchen müssten." Damals hieß ein Ausbildungsplatz noch eine Lehrstelle. Wir bekamen natürlich eine herablassende Antwort und sie sagten so ungefähr: „Für euch ungezogenen Gören werden wir schon etwas Geeignetes finden, bis jetzt haben wir für jeden etwas Passendes gefunden." Das war für uns Mädchen eine sehr niederschmetternde Antwort, denn jetzt war uns klar, dass sie auf unsere Wünsche überhaupt nicht eingehen würden.

Ich hatte einen Traumberuf im Kopf, Kinderkrankenschwester, das wäre mein Beruf gewesen, den ich unbedingt erlernen wollte. Aber die zuständigen Schwestern wollten uns überhaupt nicht anhören, wir flehten sie an, sie sollten doch etwas unternehmen, damit aus uns etwas werden könnte. Natürlich wäre ich mit einer kaufmännischen Ausbildung auch zufrieden gewesen. Aber so wussten wir überhaupt nicht, wo unser beruflicher Werdegang hingehen würde.

Uns waren die Hände gebunden, wir konnten nichts in die Wege leiten.

Es wäre doch das mindeste gewesen, wenn die Klosterschwestern mit uns einige Bewerbungen aufgesetzt und geschrieben hätten und wir uns bei mehreren Arbeitgebern bewerben könnten.

Aber nein, es wurde wie immer alles abgeblockt und uns im Ungewissen gelassen. Wenn wir die Schwestern weiter ausfragen wollten, dann hatten wir wie immer eine Hand im Gesicht, somit trauten wir uns oft nicht einmal mehr fragen, wie es mit unserer beruflichen Zukunft aussehen würde. War das die Taktik der Schwestern uns öfter zu schlagen, damit wir möglichst wenig von ihnen wollten und damit sie ihre Ruhe vor uns hatten?

Hatten die Schwestern kein Verantwortungsgefühl für uns, war es ihnen Scheißegal was aus uns werden würde? Bereitete es ihnen keine Freude, wenn wir etwas lernen könnten, das uns Stolz machen würde? Aber der wirkliche Eindruck war, sie waren der Meinung, wir haben die blöden Weiber durch die Schule gebracht, sie waren groß genug und verlassen das Kloster danach, was aus ihnen wird, ist uns Scheißegal.

Nichts konnten wir von ihnen in dieser Zeit lernen, nicht einmal wie man mit Geld umgehen musste, wie man in einem Bäckerladen einkaufen konnte, wir besuchten nicht einmal einen Lebensmittelladen. Nichts kannten wir, nur wie man Schläge und Bestrafungen aushalten und Schmerzen ertragen musste. Somit wussten wir nur, wie man den bösen Schwestern aus dem Weg gehen konnte. Ich werde nie eine gute Erinnerung an dieses Kloster haben. Beten und in die Kirche gehen, werde ich in meinem Leben mit Sicherheit nicht oft machen, nur wenn es unbedingt sein muss.

Die Schwestern hatten wirklich kein Interesse uns irgendetwas beizubringen, was im Leben wichtig war. Wir kannten nichts, sie gingen mit uns nirgends hin, außer ein paar Mal im Jahr in die Innenstadt von Regensburg spazieren, aber auf einen Weihnachtsmarkt oder in einem Zoo zu gehen, das war für uns tabu.

Wie gesagt, wir durften nicht einmal einen Laden betreten, wahrscheinlich dachten sich die Schwestern, dass es sein könnte, wir könnten vielleicht etwas anschauen, das wir niemals sehen durften, denn es könnte für uns böse sein.

Meine Klassenkameradinnen besuchen oder das sie in das Kloster kommen, das wäre unmöglich gewesen, es könnte ein schlechter Umgang für uns sein. Somit lernten wir nie, wie man mit fremden Menschen umgeht. Wie man Bewerbungen schreibt und sich vorstellt für eine Berufsausbildung oder eine Arbeitsstelle, wie man sich bewirbt, wie man mit einem Chef redet, nichts hat man uns von dem beigebracht.

Wenn wir das Heim oder Kloster einmal verlassen, dann wäre es für uns, als hätten wir ein Gefängnis verlassen und wir wissen eigentlich nicht, wie man außerhalb des Klosters leben muss, was wir, als Erstes tun sollten. Wir Klostermädchen wurden ins eiskalte Wasser geschmissen. Egal wo mich das Leben hinführt, es war für mich immer eine total fremde Welt, denn ich wurde nie eingeführt, für ein Leben außerhalb des Klosters.

Ich komme auf andere wichtige Dinge des Lebens zurück, wir konnten nicht Schwimmen oder Fahrradfahren lernen, wir durften uns überhaupt nicht austesten, war ein Kind musikalisch und wollte zum Beispiel, ein Klavier, Geige, Gitarre oder ein Blasinstrument spielen lernen oder haben wir ein Talent für eine andere künstlerische Tätigkeit, alles wurde verboten.

Nicht einmal ein ganz einfaches Hobby, das für Frauen gedacht ist, stricken lernen, Teppich knüpfen war in diesem Zeitraum sehr modern, aber ein Klostermädchen durfte das natürlich nicht tun. Töpfern oder irgendwelche andere Dinge, das für uns interessant gewesen wäre. Zu nichts ließen sich Klosterfrauen überreden, zum Schlagen brauchte man sie nicht überreden.

Ich möchte behaupten, die Schwestern gaben sich in den vielen Jahren, in denen meine Freundinnen und ich im Kloster zusammen waren, keine Mühe, etwas mit uns zu unternehmen, rein für uns zu tun, sie versuchten kein einziges Mal, das wir etwas Besonderes zusammen machen konnten, wie ein Musikinstrument spielen zu dürfen oder irgendetwas Künstlerisches, wie ein Bild malen oder etwas aus Pappmaschee zu gestalten.

Mir kam es vor, als wenn ihnen das nur lästig gewesen wäre, uns Kinder etwas beizubringen, zu uns hinsetzen und etwas vormachen, wie man das richtig macht, damit wir unser Talent herausfinden können und damit wir uns ein Wissen aneignen können. Nichts Interessantes ist in diesen vielen Jahren vorgekommen, das Kloster war ein sehr trauriges Kapitel in meinem kindlichen Leben.

Wir sollten eigentlich in einem Kloster behütet und für uns Kinder sollte es ein Ort der Liebe sein, aber wir waren nur den Klosterschwestern, als ein Prügelobjekt ausgeliefert. Wir waren nur ein Punchingball der Klosterweiber, als wären wir in einem Boxring, jede Schwester, der es gefiel, konnte uns eine reinhauen, für mich war es ein Ort der Hölle, eine wahre Apokalypse.

Das Regensburg keine schöne Stadt wäre, würde ich nie behaupten. Ich lernte Regensburg eigentlich erst viel später kennen, als ich viel älter war und nach meiner Vergangenheit suchte. Ich muss sagen, schade das ich diese schöne Stadt, mit meiner dunklen Vergangenheit in Verbindung bringen muss.

Kapitel 6

Eine Haushaltsschule

An meinem letzten Schultag verabschiedete ich mich von der Lehrerin und meinen lieben Schulkameradinnen recht herzlich. Viele Abschiedstränen flossen bei uns allen. Meine liebe Lehrerin und meine Schulfreundinnen fragten, wie es bei uns weitergeht. Aber meine Freundin und ich konnten ihnen keine Antwort geben. Alle waren sprachlos, sie konnten es nicht verstehen, das uns ein Kloster, einfach über unser zukünftiges Leben so im Ungewissen ließ, das es ihnen scheißegal war, was mit meiner Freundin und mir passieren würde.

Meine Freundin und ich waren über das sehr sauer, das wir nichts berichten konnten, was wir nach unserer Schulzeit beginnen würden. Alle meine Mitschülerinnen konnten ihren Werdegang berichten, mit welcher Ausbildung sie nach den Ferien beginnen, ob sie eine kaufmännische Lehre oder als Arzthelferin eine Ausbildung anfangen, sie wussten genau, wo ihr Weg hinführt. Nur wir zwei dummen Klosterschülerinnen, wir hatten Mal wieder null Ahnung, wie immer.

Wir wünschten uns gegenseitig viel Glück für unsere Zukunft und gingen danach auseinander, jeder für seine eigene Zukunft. Meine Freundin und ich, wir hatten kein gutes Gefühl für unsere Zukunft, denn das Kloster plante für uns bestimmt nicht, das was wir für uns gewünscht hatten.

Als wir dann im Kloster ankamen, war für meine Freundin und mich eine sehr bedrückende Stimmung, denn wir wussten absolut nicht, wo die Reise nach den Sommerferien hingehen sollte, was machen wir dann, wir hofften nur, das die Reise wirklich raus, aus dem Kloster geht, aber wohin?

In solchen Nächten, als ich im Bett lag und nicht wusste, was mir die Zukunft bringen würde, dachte ich an meinem Vater, in meiner Vorstellung habe ich ihn genauso geschlagen, wie ich von den Klosterschwestern verprügelt wurde, jeden brutalen Schlag gab ich ihm zurück, denn er hat mir mein Leben total versaut. Er trägt die ganze Verantwortung an meinem Schicksal, das ich in diesem Kloster bin und sehr viele Prügel bekam, mit einer Wonne würde ich sie ihm zurückgegeben, er sollte die vielen Schmerzen durchstehen müssen, die ich ertragen musste, ich wünschte ihm wirklich nichts Gutes.

Danach musste ich, an meinen lieben Bruder Georg und an meine kleine Schwester Monika denken: „Wie wird es ihnen gerade gehen, was haben sie durchgemacht?" Ich weinte in solchen Nächten immer noch sehr viel und dachte warum, können wir nicht zusammen sein und alles gemeinsam durchstehen, es wäre bestimmt einiges leichter zu ertragen gewesen? Zusammen wären wir bestimmt viel stärker gewesen? Georg fehlte mir noch immer sehr, er war mein großer starker Bruder, der mich immer beschützte und für mich jederzeit da war, ich fragte mich: „Wo bist du und wie geht es dir?"

Tag für Tag mussten wir arbeiten und die Sommerferien gingen dem Ende entgegen, meine Freundin und ich wussten immer noch nichts, wie es mit uns weiter gehen sollte?

Im Klostergarten helfen, das war wichtig für unsere Klosterdrachen und wenn wir ihre Arbeit nicht richtig machten, bekamen wir natürlich wie immer Prügel. Die alten, schrulligen Klosterschwestern schauten uns wie üblich, bei der Gartenarbeit zu und machten sich einen schönen Lenz.

Ich wollte nur noch weg, ich zählte jeden
einzelnen Tag und hoffte, das ich vielleicht ein
paar Tage früher das Kloster verlassen konnte, das
wäre schön gewesen, aber leider war das nicht so,
die gemeinen Schwestern hatten leider das
Vergnügen, das sie mich bis zum letzten Ferientag
schlagen konnten, in Gedanken wünschte ich
ihnen viele Gemeinheiten, die sie einmal quälen
sollten, meine Ängste und Schmerzen hätten sie
spüren müssen, vielleicht hätten sie dann öfters
anders reagiert und uns nicht so gemein
verprügelt. Aber ich denke, das würden die alten
Klosterschwestern gar nicht spüren.

Die Tage zogen sich noch sehr lange hin, bis die
Ferien zu Ende waren, ich zählte jeden einzelnen
Tag, bis es fast so weit war, dass ich das alte
Kloster verlassen konnte. Es war für mich wie ein
schreckliches Schloss von Graf Dracula, das ich
nie gut in Erinnerung behalten werde. Ich würde
am liebsten die Zeit, die ich dort verbrachte, am
liebsten aus meinem Leben streichen, aber
trotzdem, mein Leben wäre nie anders verlaufen,
mein Vater hatte mir das Kloster vorbestimmt, das
war das größte Verbrechen, das er mir antat und
ich war in diesem düsteren Gefängnis gefangen
und jetzt hoffte ich, dass meine Haftstrafe endlich
abgelaufen war.

Einen Tag bevor die Ferien zu Ende waren, berichteten die Schwestern uns, das wir unsere paar Habseligkeiten zusammenpacken sollten und meine Freundin und ich auf eine kleine Reise gehen sollten. Wir freuten uns zuerst, weil wir dieses Gefängnis verlassen konnten. Aber als wir zu hören bekamen, das wir wieder in ein Heim kommen sollten und dort nur eine Haushaltsschule besuchen sollten, waren wir furchtbar enttäuscht.

Wir fragten uns, was sollten wir mit einer Haushaltsschule anfangen, wir wollten doch einen richtigen Beruf erlernen. Wir waren nicht nur enttäuscht, wir beide waren richtig wütend. Für was haben wir sieben Jahre eine Schule besucht und gelernt, damit wir danach eine blöde Haushaltsschule besuchen sollten, das war unverschämt, was wir zu hören bekamen.

Uns war in diesem Moment alles egal, ich glaube, wir haben daraufhin die Schwestern nur noch angeschrien. Aber die Schwestern reagierten darauf nur eiskalt und sagten: „Ihr blöden Gören, ihr lernt erst, wie man einen Haushalt macht, dann lernt ihr einen Mann kennen, danach heiratet ihr und bekommt Kinder, die ihr erziehen müsst, mehr braucht ihr nicht zu können, das wird euer Leben sein, ihr braucht keinen Beruf erlernen."

Für meine Freundin und mich, war das genauso, als wären wir verprügelt worden, sie brauchten uns nicht berühren und trotzdem tat es weh. Das war so gemein, was sie sagten, denn für uns wurde die Zukunft noch einmal vorbestimmt, aber nicht so, wie wir es wollten, wir landeten wieder in einem Heim und konnten das nicht das lernen, was wir wollten, wir waren wieder gefangen in unserer Zukunft. Dabei lachten uns die alten bösen Schwestern noch aus, wir kochten innerlich. Warum taten uns die alten Weiber das an, ihnen in den dicken, alten Arsch treten, das wäre für mich eine Wohltat gewesen, aber ich traute mich doch nicht.

Am nächsten Tag wurden wir von einem Kleinbus abgeholt und er fuhr uns nach Velburg, dort war unsere zukünftige Unterkunft. Dass ich noch nicht mit ca. 14 Jahren alleine Leben und Wohnen konnte und noch weiter in einem Heim leben musste, war mir schon bewusst, aber ich verstand nicht, warum ich keine Ausbildung machen durfte. Das war sehr ärgerlich.

Als meine Freundin und ich dort ankamen, wurden wir natürlich nicht gerade herzlich empfangen. Nachdem unsere Personalien aufgenommen waren, wurden wir gleich auf unser Zimmer gebracht. Wenigstens hatte ich ein Zimmer, musste es zwar mit drei weiteren Mädchen teilen, aber es schlief wenigstens keine Klosterschwester darin, das war schon ein kleines Plus.

Was meiner Freundin und mir sofort auffiel, es war alles etwas freundlicher und die Mädchen waren ganz normal bekleidet. Aber wir neu angekommenen Klostermädchen hatten immer noch unsere Klostertracht an. Als ich mein Zimmer kannte, meinen Schrank einräumen brauchte ich nicht, denn ich besaß nichts, außer das was ich an mir trug. Ich stellte mich meinen Zimmergenossinnen vor und wir machten uns bekannt.

Meine Freundin bekam ein anderes Zimmer, auch sie fand es genauso, wie ich, für den ersten Eindruck alles etwas freundlicher, als in unserem alten, düsteren Kloster. So waren wir der Meinung, lassen wir uns überraschen und hoffen, dass wir uns nicht täuschten.

Bald darauf erschien eine nette Schwester und meinte: „Das die Neuankömmlinge mit ihrer Klostertracht ein paar neue Klamotten bräuchten, ich sollte mit ihr kommen." Es war keine solche Schwester, als im Kloster, sie trugen zwar schon alle eine einheitliche Tracht, aber keine solche, als in unserem Kloster.

Wir holten noch meine Freundin und gingen zu einem Auto, wir fuhren in die Innenstadt und besuchten dort ein paar Geschäfte. Ich konnte es nicht glauben, wir durften uns tatsächlich ein paar Kleidungsstücke heraussuchen, natürlich waren es nicht die schönsten und teuersten Klamotten, aber was ich bis jetzt nicht kannte, ich konnte etwas Neues am Körper tragen. Was hatten wir für einen Spaß bei der Anprobe, die Schwester musste dabei auch öfters lachen. Sie hatte sichtlich ihren Spaß dabei. Es war das erste Mal in meinem Leben, das ich meine Kleidung heraussuchen konnte und ganz ausgelassen Lachen konnte.

Was ganz toll war, ich durfte gleich meine neue Kleidung anlassen, ich fühlte mich, als wäre ich ein total neuer Mensch, ich konnte es immer noch nicht begreifen. Meine Freundin und ich, wollten die alte Klostertracht nicht mehr mitnehmen, ich sagte zu unserer Schwester, sie solle die Tracht danach verbrennen, ich will sie nie mehr sehen.

Sie lachte und antwortete: „Sie müsse unsere alte Kleidung wieder zurückschicken." Meine Freundin und ich waren geschockt, wir konnten es nicht fassen, das diese alten verschlissenen Klamotten wieder zurückgeschickt wurden.

Daraufhin war mir klar, diese alten Kleidungsstücke, bekamen wieder arme Mädchen, das von den alten bösen Klosterschwestern gequält wurden.

Natürlich wurden wir danach wieder in das Heim zurückgebracht und wir konnten unsere neuen Kleidungsstücke in unseren Schrank verstauen. Die nette Schwester holte uns danach ab und führte uns durch das ganze Heim und zeigte uns, was für uns alles wichtig war und klärte uns über die Vorschriften des Heimes auf.

Ich war erstaunt, denn was ich so zu hören bekam, das Heim war zwar streng, aber ich besaß doch einige Freiheiten, die ich nutzen konnte und die ich in dem alten Kloster vermisste und gar nicht kannte. Vor allem die Schwester hatte sich die Mühe gemacht, uns alles zu erklären und zu zeigen, das wäre den gemeinen Klosterschwestern nie eingefallen, das zu tun, ihre einzigen Erklärungen waren, eine hinter die Löffel zu geben, das war alles, was sie konnten.

Danach konnten meine Freundin und ich essen gehen, spätestens jetzt bemerkte ich, das alles etwas gelassener gehandhabt wurde. Denn wir konnten uns zusammensitzen wie wir und mit wem wir wollten, es gab keine feste Sitzordnung.

Auch das, was wir auf unseren Teller bekamen, war wesentlich besser, gut wir mussten unser Essen selbst holen, aber wir waren frei und mussten nicht vor dem Essen beten und danach in die Kirche gehen.

Was uns nie im Kloster eingefallen wäre, das wir etwas aus dem Heim herausgehen konnten und die Umgebung uns etwas anschauen würden, so etwas kannten wir bis zu diesem Datum nie, es war für uns total Fremd, ich besaß plötzlich ein ganz neues Lebensgefühl, es war alles ganz neu für mich. Sehr schön, trotzdem war es für mich noch ungewöhnlich, ich konnte durch die lange Gefangenschaft, die Freiheit noch nicht wirklich genießen, ich musste mich erst richtig daran gewöhnen. Aber trotzdem, es war ein Heim und ich bekam nicht die Berufsausbildung, die ich gewollt hätte.

Ich war frei, ich fand alles schön, aber trotzdem konnte es mein Lebensziel nicht ersetzen, das ich Kinderkrankenschwester lernen wollte. Ich hatte mir damals vorgenommen, ich lasse mal alles auf mich zukommen und irgendwann, wenn ich den richtigen Zeitpunkt finde, dann werde ich eine kompetente Person fragen, ob es hier eine Möglichkeit gäbe, mein Ziel zu erreichen. Damals glaubte ich fest daran, dass es jetzt möglich wäre.

Was sich nicht änderte, wir wurden in aller Frühe geweckt, nur das wir uns nicht neben dem Bett aufstellen mussten und mit der Schwester ein Gebet sprechen. Wir konnten uns nach dem Wecken in aller Ruhe frisch machen und danach gemütlich Frühstücken und zu unserem Unterricht gehen, so wie wir eingeteilt wurden.

Meine Freundin und ich sowie ein paar andere Neuankömmlinge wurden erst in einem Schulungsraum gebeten. Hier wurde wir ein gewiesen, für was die Schule gut sein sollte und was wir alles lernen mussten. Was mich daraufhin schon wieder sichtlich schockte, diese blöde Schule sollte drei Jahre dauern. Ich fand sie total unnütz, denn in dieser Zeit hätte ich meine Ausbildung und Abschluss für meinen Zielberuf auch erlangt.

Darum kam ich wieder zu dem Ergebnis, ich wurde als Kind allein gelassen, ich wurde einfach verstoßen, ich muss alleine dafür die Folgen tragen, obwohl ich nichts dafür kann, wenn ich in einer normalen Familie gelebt hätte, wäre ich mit Sicherheit eine Kinderkrankenschwester oder irgendeine kaufmännische Angestellte geworden, so waren mir die Hände gebunden und mein Werdegang war mir total verbaut, ich musste das tun, was mir die Heime befahlen.

Ich war auf die Heime wütend und trotzdem musste ich froh sein, dass für mich jemand da war und ich nicht auf der Straße leben musste, in diesen Momenten fragte ich mich immer wieder, was hatte ich in meinem jungen Dasein verbrochen. Wenigstens hatte ich ein paar Gleichgesinnte, denen es so ähnlich ergangen war.

Wir gingen als erstes Frühstücken und meine Freundin und ich fragten uns, was für einen dämlichen Unterricht wir zuhören müssen und für was das alles gut sein sollte. Wir waren den ganzen Tag mit ein paar Unterbrechungen im Klassenzimmer, wir mussten uns das, den ganzen langen Tag anhören, was wir lernen sollten und was wir für Schulungen machen sollten, Kochen, Backen, Waschen, Reinigen und Putzen, ich fand das irgendwie total unnütz, sollte ich nur eine

Reinigungskraft werden, das wollte ich mit
Sicherheit nicht.

Nach dem Unterricht war mein Entschluss fest,
ich wollte die blöde Haushaltsschule so schnell
wie möglich beenden und eine richtige
Ausbildung beginnen, aber konnte ich das auch
wirklich tun?

Schnell freundete ich mich mit ein paar
Heimkameradinnen an und wir machten nach dem
Ausbildungstag immer etwas zusammen, wir
gingen in die Stadt spazieren, aber was konnten
wir schon groß unternehmen, wir bekamen nicht
einen Cent Taschengeld, wir konnten uns nicht in
ein Café sitzen oder ein Eis essen, mit was sollten
wir bezahlen? Im großen Ganzen, waren wir
wieder gefangene von diesem Heim und mussten
das tun, was sie von uns verlangten. Wir konnten
das Haus verlassen, aber sie wussten, wir konnten
nichts tun, denn wir besaßen kein Geld.

Die nächsten Tage waren wenigstens etwas
besser, wir saßen nicht den ganzen Tag im
Klassenzimmer, wir hatten auch theoretischen
Unterricht, wir mussten Kochen lernen, wir waren
den Rest des Tages in einer großen Küche und
lernten wie wir Braten, Schnitzel und so weiter zu
bereiten, natürlich mussten wir auch die Beilagen

wie Nudeln, Spätzle und Knödel zu bereiten und die Vorspeise, eine gute Suppe, das mussten wir nebenbei auch noch lernen.

Es war zwar ganz interessant, die Zeit verging dabei sehr schnell und die Ausbilderin war zwar sehr streng, aber auf eine gewisse Art doch sehr zugänglich und freundlich. Wurde eine Schülerin doch einmal frech, rutschte der Ausbilderin doch die Hand aus, ganz ohne Prügel ging es doch nicht ab, dabei dachte ich mir oft, hört denn das nie auf, ich bekam doch schon genügend Ohrfeigen, das es für mein ganzes Leben reichen müsste.

Einige Tage verbrachten meine Kameradinnen und ich den ganzen Tag in der Küche, es war absolut nicht mein Ding, ich koche heute noch gern, aber ich muss nicht tagelang in der Küche verbringen. Ich stellte somit schnell fest, eine Küchenhilfe oder Köchin wäre absolut nicht mein Beruf, diese Arbeit könnte ich mit absoluter Sicherheit nicht machen und ich dachte mir, da muss ich etwas dagegen tun.

Die Zeit verging und die Ausbildung veränderte sich somit, es wurde dann immer mehr auf den allgemeinen Haushalt ausgebildet, Putzen, Wäsche waschen, Staubwischen, Betten überziehen, Fenster putzen, Möbel polieren,

Holzböden pflegen und vieles mehr. Es war eine
reine Schikane, so hielten wir immer das ganze
Heim sauber, alles was anfiel, machten wir
Mädchen. Ich könnte es verstehen, wenn wir
wenigstens eine Ausbildung als Hotelfachkraft
gemacht hätten. Aber nein, wir waren nur in einer
Haushaltsschule und somit war es keine
Ausbildung.

Waren wir mit unserer Schulung fertig, konnten
wir uns frei bewegen und etwas unternehmen. Im
Heim war nichts, was wir tun konnten, es war kein
Schwimmbad vorhanden, keine Turn oder
Sporthalle, es war sehr schwierig in dem Heim
etwas zu unternehmen, es war nur eine schöne
Grünanlage vorhanden.

An schönen Sommertagen, wenn wir am
Wochenende mit ein paar Freundinnen in ein
nahegelegenes Schwimmbad gehen wollten, dann
waren die Heimschwestern so gnädig und sie
gaben uns das Geld abgezählt für den Eintritt, so
einen Spaß kannte ich nicht. Meistens konnten wir
nur am Sonntag ins Schwimmbad gehen, am
Samstag wurde noch Unterricht gehalten und
somit war nicht genügend Zeit vorhanden für
unseren großen Freizeitspaß. Leider waren die
meisten meiner Freundinnen aus einem anderen
Kloster dazu gekommen und somit konnte kein

Mädchen schwimmen, aber das war uns egal, wir hatten unseren Spaß im Nichtschwimmer Becken.

Als wir nach unseren freien Stunden zurückkamen, wollte die Schwester den Beleg ausgehändigt haben, sie wollte sehen, dass wir auch wirklich im Schwimmbad waren. Heute würde ich behaupten, sie brauchten die Rechnung, damit ihre Abrechnung stimmte, für was das Geld verwendet wurde. Wir besaßen kein Geld, damit wir uns etwas zu Trinken kaufen konnten oder einen kleinen Imbiss zu uns nehmen konnten, nicht einmal für ein Eis, das wir uns natürlich gegönnt hätten, aber das gab es für uns Heimkinder nicht.

Essen und Trinken durften wir vom Heim mitnehmen, wir konnten uns Lunchpakete selbst zusammenstellen und einpacken, aber es wurde kontrolliert, damit wir nicht zu viel Wurst oder Käse verwendeten. Es konnte schon sein, wenn wir zu großzügig damit umgingen, dass es eine Ohrfeige gab und eine dementsprechende Rüge folgte.

Wir fanden das schon manchmal lächerlich, aber es waren auch andere Zeiten. Eine Kühltasche gab es in dieser Zeit noch nicht, so mussten wir auch aufpassen, dass wir nichts schnell verderbliches mitnahmen. Aber unsere Ausbilderinnen und Schwestern belehrten uns, was wir mitnehmen konnten und wünschten uns viel Spaß.

Die Zeit verging und ich konnte mich mit einigen Mädchen anfreunden und wir bildeten nach circa einem halben Jahr, ein große feste Clique, wir schworen uns: „Wir gehen zusammen durch dick und dünn", die meisten Mädchen waren auch in unserer Schulgruppe, so waren wir im Unterricht und in der praktischen Ausbildung zusammen. So machten wir immer einen Spaß und bekamen deswegen öfters eine Ermahnung oder eine Ohrfeige. Das konnte ich gut wegstecken, denn im Kloster bekam ich richtige Prügel. Richtige Beleidigungen, wie im Kloster bekam ich hier nie zu hören, das fand ich gut.

Trotzdem wollte ich einen Beruf erlernen. Ich packte meinen ganzen Mut zusammen und ging zur Heimleiterin und erzählte ihr mein Anliegen, sie hörte mir Aufmerksam zu und sie war auch nicht abweisend. Sie sagte nur: „Dass sie mich verstehen kann, da ich wirklich keine schlechten Noten in der Schule habe, das ich diesen Beruf erlernen will und bestimmt das schulische Vermögen für diese Ausbildung dazu habe, aber ihr sind die Hände gebunden, da das Kloster und eine staatliche Betreuerin mich hier eingewiesen hat und dafür gesorgt hat, das ich hier die drei Jahre verbringen muss, erst nach diesen drei Jahren, nach dem ich dieses Haus verlassen habe, kann ich mit dieser Ausbildung beginnen, vorher auf keinen Fall und sie würde mir dazu raten diese Ausbildung später nachzuholen."

Als ich mir das anhören musste, war es für mich, als hätte ich eine eiskalte Dusche bekommen, ein großer Hammer traf mich am Kopf, ich glaube, ich konnte nichts mehr sagen, ich war tagelang total resigniert. Ich wusste in diesem Moment, das ich meinen Traumjob nie mehr erreichen konnte. Mir gingen viele Gedanken durch den Kopf, der erste war, ich hätte meinen Vater durch das ganze Heim prügeln können und noch viel mehr.

Ich fragte mich: „Warum kann ich nicht das erreichen, was für andere ein leichtes Spiel war, nur weil meine ehemaligen Klassenkameradinnen eine intakte Familie haben, sind sie etwas Besseres und weil ich das nicht besitze, bin ich somit nur ein Mensch zweiter Klasse? Muss ich nur das machen, was ich nicht will, was mir andere Menschen vorschreiben, ob wohl, dass nicht mein Weg ist, den ich machen will?"

Ich war total verzweifelt, es war niemand da, der mir helfen wollte oder konnte. Tagelang heulte ich nach diesem Gespräch in meinem Bett, weil ich mich ungerecht behandelt fühlte. Egal was ich tun wollte, damit mein Weg in die richtige Richtung ging, es war doch für mich keine Kleinigkeit, es ging um mein zukünftiges Leben, ein erlernter Beruf wäre sehr wichtig für mich gewesen, aber mir wurden sämtliche Türen zugeschlagen, ich hatte nie eine Möglichkeit meine Zukunft selbst zu bestimmen, warum?

In mir war nur noch Hass, ich hasste vor allem meinen Vater, weil er mich verstoßen hatte, meine Familie, weil sie mich allein ließ und ich nie wirklich eine besaß, das Kloster, in dem ich war, weil sie mich nur verprügelten und nie für mich da waren und jetzt dieses Heim, weil ich mich nicht verwirklichen konnte, was ich eigentlich tun wollte. Warum kann ein allein gelassenes, junges Mädchen nicht das verwirklichen, mit einem vernünftigen Ziel, das sie eigentlich wollte? Das fragte ich mich, mit sehr vielen Tränen in den Augen, jede Nacht.

Jetzt merkte ich erst richtig, dass dieses Heim für mich nicht so toll war, als es am Anfang den Anschein erweckt hatte, ich war wieder in einem Heim eingesperrt, obwohl ich mich frei bewegen konnte, ich musste etwas lernen, das ich absolut nicht wollte. Ich war so weit, dass ich am liebsten alles hinschmiss und einfach abgehauen wäre, weit weg, soweit es ging.

Somit kam die Frage, wo konnte ein minderjähriges Mädchen hingehen? Ich wäre bestimmt von der Polizei schnell gefunden worden und sie hätten mich dann ins Heim zurückgebracht, was für eine Strafe wäre dann auf mich zu gekommen? Egal was ich mir überlegte, ich war eine gefangene des Heimes.

Ich machte widerwillig die Schulungen weiter, Spaß machte das überhaupt nicht, mir war alles zuwider. Meiner Ausbilderin fiel auf, das ich alles widerwillig machte und keine Bereitschaft zeigte, etwas zu tun. Sie holte mich bei einer praktischen Schulung bei Seite und fragte, was mit mir los sei und ich erzählte ihr mein Problem.

Sie hörte mir aufrichtig zu und erklärte mir
daraufhin: „Dass es ihr aufrichtig leid tut, das ich
nicht meine Ausbildung beginnen konnte, das
Kloster hätte sich schon für meine Ausbildung
kümmern müssen und stattdessen meldeten sie
alle ihre Mädchen hier, immer für drei Jahre in
dieser Haushaltsschule an, das ist für sie
anscheinend das einfachste, was sie tun können,
aber nicht das Richtige."

Ich schüttete ihr damals mein ganzes Herz aus
und erzählte ihr alles über das abscheuliche
Kloster, wie zum Beispiel über die vielen Prügel,
das einige Mädchen, genauso wie ich, intelligent
genug waren, auf eine höhere Schule zu gehen,
aber wir durften nicht und konnten nichts dagegen
tun. Die Ausbilderin oder auch Schwester,
schüttelte nur den Kopf und antwortete, sie habe
sich das schon von diesem Kloster gedacht, aber
es sind bestimmt alle Klöster so.

In diesem Moment dachte ich an meine kleine
Schwester und Georg, dann müssen sie bestimmt
genauso alles durchmachen, meine armen
Geschwister, wo werden sie jetzt wohl sein, was
wurde ihnen alles angetan?

Die Ausbilderin meinte, das sie mir am Ende dieser Haushaltsschule helfen könnte, einen richtigen Ausbildungsplatz zu bekommen. Mir gingen daraufhin die Nerven durch und ich schrie sie an: „Diese drei Jahre, sind für mich drei verlorene Jahre, da wäre ich bereits mit einer Ausbildung fertig, wie soll ich alleine dann noch eine Ausbildung beginnen, das ist hier die Frage, das ist für ein allein gelassenes Mädchen nicht so einfach."

Die Schwester klatschte mir eine ins Gesicht und sagte, ich sollte mich wieder beruhigen, es ist leider so, jetzt kann sie mir nicht helfen, mir bleibe nichts anderes übrig, als die Haushaltsschule durchzuziehen, aber sie würde mir dann helfen. Ich dachte mir damals: „Wie will sie mir helfen, mir kann in dieser Situation niemand helfen."

Ich fühlte mich richtig durch den Dreck gezogen, ich war total hilflos, mir konnte keiner helfen. Die Haushaltsschule war für mich wie eine Zwangsarbeit, jetzt weil ich wusste, dass sie mir nicht helfen konnte oder vielleicht auch nicht wollten, hasste ich alles, was mit dieser Haushaltsschule zusammen hing, ich war stinksauer.

Es war zwar alles etwas gelöster, unsere Frisuren
konnten wir haben, wie es uns gefiel,
Nylonstrümpfe konnten wir nie bekommen und
das wir uns etwas schminken konnten, das war
alles nicht möglich, denn woher sollten wir das
Geld dafür bekommen. Geld hatte ich nie in der
Hand und zu sehen bekam ich es genauso wenig.
Die Ausbilderinnen gaben uns nie Geld, außer wir
gingen ins Schwimmbad oder Schlittschuh laufen.
Taschengeld, das kannten wir nicht, wir besaßen
in diesem Heim keinen Cent, damals hieß es
Pfennig, den wir für uns ausgeben konnten. Es
war alles sehr traurig, es hatte sich für mich nichts
verbessert.

Könnte ich eine Ausbildung beginnen, bekäme
ich bestimmt eine kleine Vergütung, das wäre
zwar nicht viel, aber trotzdem mein eigenes Geld,
mit dem ich etwas anfangen könnte, vor allem was
mir gefiel. Wäre das schön gewesen, aber von
solchen Dingen konnte ich nur träumen.

Immer wieder sind mir solche Gedanken durch
den Kopf geschossen und das munterte meine
Situation nicht auf, im Gegenteil, ich wünschte
den alten Klosterschwestern nichts Gutes, nur
wenn ich eine auf der Straße sah, kochte in mir die
Wut auf. Meine Freundinnen erging es nicht

besser, den sie waren fast alle aus irgendeinem Kloster und hatten es nicht besser, als ich.

Manchmal dachte ich mir, vielleicht kommt meine kleine Schwester Monika auch in meine Haushaltsschule, denn sie war auch in einem Kloster und ist etwas jünger, als ich, aber ich hatte damals umsonst gewartet, sie ist hier nie eingezogen.

Auf meinen Georg brauchte ich nicht warten, das wäre umsonst gewesen, denn wir hatten nicht einen Jungen in unserem Heim. Welcher Junge würde schon eine Haushaltsschule besuchen, aber bei meinem Kloster denke ich, wäre alles möglich gewesen, auch dieses.

Es sind viele Jahre inzwischen vergangen, als wir Geschwister getrennt wurden, ich vermisste sie in dieser Zeit noch immer und ich dachte immer noch an sie, aber je länger wir getrennt waren, umso so mehr verlor ich die Hoffnung, dass wir uns jemals wieder sehen können.

Im ersten Jahr lernte ich einiges, ich verbrachte viel Zeit in der Küche und konnte fast perfekt kochen. In den Schulunterricht brauchten wir nicht mehr jeden Tag gehen, ein bis zwei Tage die Woche. Den Rest der Zeit verbrachte ich mit Waschen, Bügeln und Putzen und noch einigen

Sonderaufgaben, wie Laminat und Möbel pflegen oder Vorhänge waschen, sie fanden immer etwas Neues zu lernen. Ich muss zugeben langweilig wurde es mir nie und meinen Freundinnen auch nicht, wenigstens ließen sie uns ein wenig Spaß zu machen, wenn wir es nicht übertrieben.

Nach einem Jahr bekamen wir eine Sonderaufgabe, ich wusste, dass sie einen Kindergarten in diesem Heim betrieben. So mussten wir auch diesen betreuen und wir lernten mit Kinder umzugehen. Wir bekamen ein neues Thema in der Schule und genauso in der praktischen Ausübung. Wir lernten an Kindern die Erziehung.

Ab diesem Zeitpunkt hatten wir wieder einen Tag mehr theoretischen Unterricht, das fand ich immer so öde und trocken, ich wollte diesen Unterricht nicht, denn es war nicht das Thema, das ich erlernen wollte. Mir war in diesem Fall lieber, wenn ich etwas tun konnte, damit die Zeit verging und ich später mit meinen Freundinnen etwas unternehmen konnte.

So lernte ich mit verschiedenen Kindern umzugehen, kleinere und größere Kinder, ruhige und etwas aggressive Kinder, Streit schlichten oder mit ihnen etwas spielen. Es war eigentlich eine schöne Aufgabe, die mir sehr gefiel. Ich wusste, warum ich einen solchen Beruf erlernen wollte, aber das konnte ich jetzt vergessen.

Meine Freundinnen fiel meistens etwas ein, was wir tun konnten, am Abend wurde es uns nie langweilig. Aber trotzdem konnten wir nicht so lange aus dem Haus bleiben, sie hatten sehr strenge Vorschriften, die genau eingehalten werden mussten. Wenn wir über die Stränge schlugen, rutsche ihnen genauso wie im Kloster, schnell die Hand aus. Denn um 18 Uhr mussten wir schon im Heim sein, das war schon sehr kleinlich und sehr früh, wir hatten somit unter der Woche nicht sehr viel Zeit außerhalb des Heimes zur Verfügung. Nur an einem einzigen Tag hatten wir den ganzen Tag Zeit und das war der Sonntag.

Es war schon manchmal zum Verzweifeln, wir konnten nichts für uns machen, wir hatten auch hier keine Möglichkeiten einem Hobby nachzugehen. Keiner von uns konnte es sich leisten ein Musikinstrument zu spielen. Wer hätte uns eine Gitarre oder ein Klavier bezahlt? Wir

konnten auch in einem Verein keinen Sport
betreiben.

Wieder war es nichts mit der großen Freiheit, das,
was wir wirklich tun wollten, wurde uns verwehrt.
Deswegen war es oft nicht leicht, etwas
Vernünftiges auf die Beine zu stellen, was wir tun
konnten. Meinen Freundinnen fiel zwar immer
etwas ein, aber die Zeit war meistens ziemlich
knapp. Meistens liefen wir nur in der Gegend
umher und unterhielten uns, was sollten wir ohne
Geld tun.

Das einzige, was uns noch blieb, war stricken,
das lernten wir allerdings im Unterricht, deswegen
war die große Begeisterung dahin, am Abend
noch etwas zu stricken, einen Schal oder einen
Pullover. Wenn mir total langweilig war, dann
griff ich schon mal zu den Stricknadeln und zur
Wolle. Wolle stellten sie zur Verfügung, das war
schon das einzige, was wir bekamen.

Kleider schneidern lernten wir auch, aber Stoff
bekamen wir nach der Schule nie zur Verfügung
gestellt und ohne Aufsicht durften wir nicht an
eine Nähmaschine. Wenn wir einen schönen Stoff
bekommen hätten, dann wäre der Spaß groß
gewesen. Ich denke, wir wären an den
Nähmaschinen sitzen geblieben und es wären ein

paar Überstunden fällig gewesen, wir hätten für uns, ganz was Modernes geschneidert, wir wären sehr fleißig gewesen, der war uns einfach nicht vergönnt.

Aber es war nicht einmal ein vernünftiges Buch vorhanden, das wir gerne gelesen hätten, die meisten die für uns zugänglich waren, das waren Koch und Backbücher, Stricken und Nähen mit diesem Thema konnten wir nichts mehr anfangen, das machten wir nach wie vor, jeden Tag.

Nach einem weiteren Jahr, dieser blöden Schule, bekamen wir einen neuen Unterrichtsstoff dazu, wir durften uns mit Babys beschäftigen, wir lernten mit diesen kleinen Menschen umzugehen, von einer Flasche richtig geben, bis zum Wickeln, das war eigentlich meine Aufgabe, das machte mir Spaß. In diesem Unterricht war ich richtig gut, ob im praktisch oder theoretischen Unterricht, aber leider konnte dieser Beruf weiter hin nur ein Traum bleiben.

Immer wieder, wenn ich mit diesen kleinen Würmchen zu tun hatte, grübelte ich doch immer wieder, wie ich es anstellen könnte, nach dieser Schule eine Ausbildung zu beginnen, meine Ausbilderin war immer recht zuversichtlich, dass ich das schaffen könnte und sie wollte mir auch dabei helfen, ich wollte nicht einfach aufgeben, ich wollte unbedingt mit einem Beruf durch das Leben gehen. Ich wollte es meinem Vater zeigen, dass ich etwas kann, obwohl mir ein Raben-Vater meine ganze Kindheit und Jugend verbaut hatte und ich keine normale Kindheit erleben durfte, mir wurde nirgends geholfen. Gerade da, wo es für Kinder mit einer Familie ganz normal gewesen wäre.

Je älter ich wurde und mir die Folgen bewusst wurden, die ich bekam, als ich in das grausame Kloster gesteckt wurde, umso mehr hasste ich meinen Vater. Vielleicht war es für ihn gut, das er sich nie blicken ließ, in den vielen Jahren besuchte er mich nicht einmal, er fragte nicht einmal nach mir, wie es mir ergangen ist, er hat mir nie zu einem Geburtstag gratuliert, ich habe von meinem Vater nicht ein Geschenk bekommen, weder zum Geburtstag, noch zu Weihnachten, ich habe einen leiblichen Vater, der sich irgendwo ein schönes Leben machte und ich war trotzdem allein, ich durfte in diesen blöden Heimen schmoren, das fand ich total ungerecht, ich hoffte, dass ihn Gott irgendwie dafür bestraft?

Ich konnte, bis ich fast sechzehn Jahre alt war, nicht eine einzige eigene Puppe bekommen, ich hatte nie die Möglichkeit eine zu besitzen, selbst in der Haushaltsschule konnte ich mir keine kaufen, mit welchem Geld hätte ich sie bezahlen sollen, etwas anderes kaufen, war auch nicht drin. Etwas ganz eigenes zu besitzen, das war für mich total unmöglich.

Meine gleichaltrigen Freundinnen in meiner ehemaligen Grundschule, sie hatten bestimmt etliche Puppen und Teddybären besessen und viele andere Dinge, die sie ihr Eigentum nennen konnten. Einige besaßen auch ein Haustier, wie eine Katze oder einen Hund, davon konnte ich nur träumen. Ich hoffte immer noch, dass ich mir einmal wenigstens einen Traum erfüllen kann, aber war dies einmal möglich?

Momentan sah für mich alles trostlos aus und ich wusste nicht, wie es nach dieser Haushaltsschule weiter gehen sollte. Ich hatte zwar einen kleinen Plan, den ich durchsetzen wollte, dass ich wenigstens meinen Ausbildungstraum erfüllen konnte. Aber wann kann ich mir den Traum endlich erfüllen, da hatte ich oft noch große Zweifel?

In dieser Haushaltsschule war es über die drei
Jahre genauso langweilig, als im Kloster, denn wir
kannten bis zu diesem Zeitpunkt, kein Radio noch
einen Fernsehapparat, wir waren von der
Außenwelt im Prinzip total isoliert, nicht einmal
eine Zeitung durfte ich einmal in meinen Händen
halten, was andere Menschen für ganz normal
hielten, war für mich tabu. Ich wusste nicht
einmal, was Nachrichten waren. Ich kannte nicht,
ein politisches Geschehen, ich wusste nicht, was
in anderen Ländern geschieht, ich wusste nicht,
was Politik bedeutet, geschweige wer in unserem
Land regiert und welche Parteien es gab. Ich
wusste nicht, was in meinem Land vorging,
geschweige im Ausland, wollten die Heime uns
dumm halten oder war es reine Ignoranz von
ihnen, wir wollten doch auch etwas wissen, das
wäre doch das wenigste gewesen, ein Radio für
uns alle, im Aufenthaltsraum aufstellen, das wir
wenigstens das Tagesgeschehen in unserer Welt
erfahren hätten und ein wenig Musik hören
könnten.

Meine ehemaligen Freundinnen von der Grundschule sind bestimmt schon in einer Disco gewesen und wir in der Haushaltsschule wussten nicht einmal, welche Musik gerade modern war. Es war nicht schön, wie mit uns in der Haushaltsschule umgegangen wurde.

Die blöde Haushaltsschule ging langsam zu Ende und nichts war passiert, was mich wenigstens ein bisschen glücklich gemacht hätte. Ich forschte bei meinen Ausbildungsleiterinnen und Schwestern nach, wie es mit meiner Zukunft aussah, aber wieder war von keiner Richtung etwas zu hören. Es war mal wieder zum Verzweifeln, in diesem Moment wusste ich gleich, das nichts so laufen würde, wie ich mir das vorstellen würde. Was mich nicht tröstete, das es auch meinen Freundinnen nicht anders erging. Die Frage war, konnten die Heime mit uns machen, was sie wollten?

Es waren nur noch ein paar Wochen Haushaltsschule und ich wusste immer noch nicht was mit mir passierte, wo ich hinkommen würde? Ich war doch noch ein junges Mädchen, ich wollte doch wissen, wie es mit meiner Zukunft aussah, ich hatte doch meinen eigenen Plan, ich war verzweifelt und mir waren wieder die Hände gebunden, ich durfte wieder nichts selbst in die Hand nehmen.

Es vergingen weitere Wochen und nichts passierte, eine Woche bevor die Schule zu Ende ging, erschien eine Frau, sie war vom Jugendamt und war angeblich meine Betreuerin, sie sah sehr streng aus, mir schwante sofort nichts Gutes, als ich sie sah und mein erster Eindruck war richtig. Die Heimleiterin und die Betreuerin holten mich in ein Zimmer und sie verkündeten mir, das die Betreuerin für mich eine Arbeit in Landshut ausgesucht hätte, ich solle für ein Hotel arbeiten. Ich glaubte, mich traf ein Dampfhammer.

Als ich das hörte, bin ich total ausgerastet, in mir ist eine Welt zusammen gebrochen, durfte ich nie das machen, was ich wollte, warum wurde ich nicht einmal gefragt, was ich tun möchte, war ich nur eine Sklavin? Ich schrie die Betreuerin an und sagte so ungefähr: „Das will ich nicht machen, ich will eine Ausbildung als Kinderkrankenschwester haben und nicht als Putzfrau in einem Hotel arbeiten, das kann sie selbst machen."

Was ich dann zu hören bekam, erinnerte mich an das Kloster, genauso hätten es die alten Schwestern auch gesagt: „Ich soll mein freches Maul halten und nur das tun, was mir angeschafft wird, nichts anderes, wenn ich volljährig bin, dann kann ich machen, was ich will, bis zu diesem Zeitpunkt ist sie für mich da und solange hat sie das sagen, momentan hat sie für mich keinen anderen Job."

Sie nahm sich keine zehn Minuten für mich Zeit, diese Frau konnte kein Herz haben, sie konnte mit Sicherheit für andere Menschen kein Mitleid haben. Denn wir jugendliche Mädchen haben auch gewisse Vorstellungen, wie unser zukünftiges Leben ausschauen sollte. Nicht nur einen Mann suchen, Kinder bekommen und den ganzen Tag den Haushalt machen, ich hatte ganz andere Vorstellungen von meinem Leben?

Als sich das herzlose Weib erhob, schrie ich ihr noch einmal hinterher: „Ich will das nicht machen." Aber ohne weiterer Worte verließ die Betreuerin das Zimmer, keine Miene verzog dabei ihr Gesicht. Die Heimleiterin wollte mit mir reden und die Situation bereden, aber ich hörte ihr nicht mehr zu. Ihre Worte gingen an mir vorbei, sie interessierten mich nicht mehr. In mir ist eine

Welt zerbrochen, ich konnte wieder nicht das tun, was ich eigentlich wollte.

Ich stand dann nur schnell auf und rannte auf mein Zimmer und heulte. Meine Freundinnen waren auch da, denn sie mussten etwas später mit dieser Betreuerin reden. Heulend erzählte ich ihnen mein Leid, es war für mich, als hätte ich eine gewaltige Ohrfeige bekommen. Sofort wussten meine Freundinnen, was auf sie zukommen würde.

Später lagen wir alle in unserem Zimmer und heulten und ließen unseren Frust freien Lauf. Alle Mädchen wurden in verschiedene Hotels oder als eine normale Reinigungskraft verteilt untergebracht, es war für alle ein Faustschlag ins Gesicht. Hatten wir die drei Jahre Haushaltsschule nur gemacht, das wir als eine Putzkraft arbeiten konnten, das darf doch nicht wahr sein. Wir heulten die ganze Nacht durch, wir waren alle furchtbar enttäuscht von der Haushaltsschule und von unserem Leben. Das mein Leben kein Wunschkonzert war, das erlebte ich leider schon zum X-ten Mal, aber ich dachte meine Pechsträhne musste doch irgendwann vorbei sein, aber ich bekam den Eindruck, das hört nie auf.

Ich komme wieder auf das alte Thema zurück und ich brauchte nicht zu fragen, wer war der Hauptschuldige? Natürlich mein Vater, wenn er das nicht gemacht hätte, dann wäre ich nie in diese Situation gekommen, dann wäre ich mit meiner Ausbildung fertig gewesen. Ich wäre ganz anders dagestanden. So lag ich total unglücklich auf meinem Bett und heulte Rotz und Wasser. Die letzten Tage in diesem Heim, waren schrecklich, es war ein Alptraum, die Stimmung war auf dem Tiefpunkt. Auch dieses Heim werde ich mit keiner guten Erinnerung verlassen, ich wollte ich könnte diese Zeit, in mir löschen.

Kapitel 7

Das Landshuter Hotel

Der letzte Tag in der Haushaltsschule, war sehr deprimierend, ich musste wieder meine Freundinnen verlassen, wir wurden in alle Himmelsrichtungen verstreut, für uns war klar, dass wir uns sehr wahrscheinlich nie mehr sehen würden.

Eine Schwester kam auf mein Zimmer und meinte, dass ich meine Sachen packen sollte. Widerwillig packte ich meine paar Habseligkeiten zusammen, alles passte in eine große Tasche, ich brauchte dazu ca. zehn Minuten. Ich besaß nicht viel, ich konnte nicht viel mein Eigentum nennen. Außer das, was ich am Körper trug, das was ich zum Wechseln brauchte und ein wenig zur Körperpflege, das war alles.

Dann musste ich das Zimmer verlassen und verabschiedete mich heulend von meinen Freundinnen, lange drückten wir uns und wünschten uns alle Glück und hofften für uns alle, das es irgendwann besser werden würde, für uns alle war es eine Situation zum Verzweifeln, denn wir wussten, dass wir wieder eine Tätigkeit machen mussten, die wir absolut nicht wollten. Kaum kannte ich ein paar Mädchen, zu denen ich vertrauen hatte, musste ich einen kompletten Ortswechsel vollziehen und vor allem, den ich absolut nicht vorhatte. Ich wusste von meinem neuen Arbeitgeber gar nichts, außer das ich nach Landshut musste, ich wurde mal wieder ins eiskalte Wasser geschmissen.

Ein Mann stand schon bereit mich abzuholen, ich kam mir vor, als wäre ich ein Stück Vieh, dass zum Schlachthof gefahren würde. Es war ein älterer Mann und er brachte mich ohne große Worte zu seinem Auto und wir fuhren sofort los nach Landshut, nach einer längeren Fahrt hielt er vor einem Hotel. Wir hatten unter der langen Fahrt kaum ein Wort gewechselt, es war für mich unheimlich, denn ich wusste nicht, was mich erwarten würde. Er holte meine Sachen aus dem Kofferraum und er brachte mich zu meinem Zimmer, es war nicht groß und war einfach eingerichtet. Wie üblich stand wieder kein Radio oder einen Fernsehapparat auf meinem Zimmer, aber das war ich gewöhnt. Das einzige gute war, das ich mit niemandem mein Zimmer teilen musste.

Als ich meine paar Habseligkeiten verstaut hatte, musste ich mich sofort, bei meinem Chef melden. Es war ein älterer Herr, er erklärte mir, für was ich hierhergekommen bin und was ich zu tun habe, danach stellte er mir meine neue Chefin vor und die Kleidete mich erst mit einer Arbeitskleidung ein. Geld bekam ich auch hier nicht, dafür hatte ich ein Zimmer und Essen umsonst. Jetzt war ich mir sicher, ich wurde wieder aufs Neue ausgenutzt und wer war wieder der Schuldige, mein Vater, dieser Scheißkerl.

Ich bekam keine Zeit etwas auszuruhen, sofort musste ich an die Arbeit gehen, gleich bemerkte ich, dass ich ein Hilfsmädchen für alles war. Überall wurde ich gebraucht, bis spät in die Nacht hinein, schon am ersten Tag viel ich erschöpft in mein Bett.

Schon um 6 Uhr in der Früh wurde ich geweckt und meine erste Tätigkeit war, für die Hotelgäste das Frühstück richten. Etwas später konnte ich mit einigen Angestellten frühstücken, eines musste ich zugeben, wenn wir Pause machten und beim Essen waren, wurde nie gehetzt, außer es gab einen besonderen Zwischenfall, der selten vorkam. Danach wurde meine alte Chefin streng, bis Mittag wurde durchgearbeitet. Pünktlich wurde ausgiebig eine Mittagspause gemacht, genauso war es am Abend, aber gearbeitet wurde bis spät in die Nacht hinein. Bis ich erschöpft in mein Bett gehen konnte.

Das sechzehnte Lebensjahr war noch nicht vollendet und ich ahnungsloses Mädchen kam in das Hotel, ich konnte von früh bis spät in die Nacht schuften, sieben Tage die Woche, ich bekam nie einen Tag frei, Urlaub so etwas kannte ich nicht. Ich bekam nie einen Pfennig (Cent) Geld, ich besaß nicht einmal ein eigenes Taschengeld, obwohl ich schwer dafür gearbeitet hatte und wenn es nach der Gewerkschaft ging, leistete ich zu viele Überstunden und was bekam ich dafür, ein kleines Zimmer und Essen, ich war eine Sklavin des Hotels, eine super billige Arbeitskraft.

Ich kannte keine Kernarbeitszeit, keinen geregelten Feierabend. Dass mir so etwas zu stand, lernte ich nicht in der Haushaltsschule, obwohl es für mein Arbeitsleben wichtig gewesen wäre, alles wurde von mir ferngehalten. Wenn ich das so sehe, wurden wir schon für das Sklaventum richtig geschult. Freizeit kannte ich überhaupt nicht mehr, nicht einmal einen Sonntag, ich musste sieben Tage in der Woche arbeiten, bis spät in die Nacht hinein.

Ich muss gerecht sein, ich war gesetzlich angemeldet und mir wurde wenigstens der Mindestbeitrag in die Rente eingezahlt, aber das war schon alles und dafür musste ich noch dankbar sein.

Es war für mich wieder Mal eine sehr harte Zeit, die Chefin war auch eine alte Frau, genauso hart wie die alten Klosterschwestern, bei ihr war die Hand sehr locker und sie schlug mich mindestens einmal am Tag, ich war wieder ganz am Anfang angekommen, ich war wieder in einem Gefängnis mit Prügelstrafe angekommen, ich fragte mich wie immer, was hatte ich in meinem Leben verbrochen. Ich habe doch niemand etwas Böses angetan, ich war noch jung und unerfahren, warum wurde ich so ausgenutzt, es sollte mir doch eher jemand helfen, warum hat das kein Mensch für mich übernommen.

Hätte ich einen Vater gehabt, der für mich dagewesen wäre, dann wäre ich nie in diesem gemeinen Hotel gelandet, sondern ich wäre mit meiner Ausbildung fertig gewesen und könnte in einer Säuglingsstation in einem Krankenhaus arbeiten, das wäre meine Arbeit gewesen, auf die ich stolz gewesen wäre.

Eine geregelte Arbeitszeit wäre normal gewesen, einen Feierabend, Freizeit und Urlaub könnte ich für mich nützen und ich könnte mit meinen Freundinnen und Freunden etwas unternehmen. Ich könnte mein Geld, das ich verdiene, für mich nutzen und ausgeben, aber das war nur ein fiktiver Traum, der für mich nie wahr werden würde, so dachte ich damals, ich sah für mich keinen Ausweg mehr, aus diesem langen Alptraum, der nie enden würde.

Auf diese Arbeit, die ich in diesem Hotel verrichten musste, konnte ich wirklich nicht stolz sein, jede gute Hausfrau wäre zurechtgekommen, nur nicht mit einem ganzen Hotel. Ich mochte die Tätigkeit nicht, ich hasste die alte Chefin, sie erinnerte mich jeden Tag an die alten Klosterschwestern, die mich verprügelten.

Sehr früh aufstehen machte mir nichts aus und ein Frühstück für die Gäste herzurichten. In meinem Traumjob müsste ich bestimmt auch sehr früh aufstehen und vielleicht dazu noch Schichtarbeiten, aber ich hätte bestimmt eine geregelte Arbeitszeit und vor allem ein richtiges gutes Gehalt bekommen, das wäre schön gewesen. Ich hätte mir eine geeignete Wohnung suchen können und am Wochenende hätte ich mir zwischendurch etwas Schönes einkaufen können.

Ich hätte mich mit ein paar Mädchen angefreundet und wäre mit ihnen ausgegangen, ich hätte es mir richtig gut gehen lassen, das wäre ein ganz normaler Traum für ein junges Mädchen gewesen, denn man sich gut vorstellen konnte.

Hier in diesem Hotel war es nicht einmal möglich, eine Freundin kennenzulernen. Alles, was ich kannte, war die alte bissige Chefin, die mir ununterbrochen Arbeit anschaffte. Vormittags machte ich meistens die Gästezimmer sauber, frisch die Betten überziehen, die Bäder sauber wischen, das Bad mit neuen Handtüchern bestücken, in den Gästezimmern war ein Radio, solange ich in den Zimmern war, ließ ich das gute Stück laufen, bis die alte Chefin kam und mich schlug, denn sie erlaubte es nicht unter der Arbeitszeit Radio zu hören.

In den Zwischenzeiten bestückte ich die Waschmaschinen und ließ sie laufen, hängte die Wäsche auf, ich half in der Küche aus, machte die Gänge sauber und wischte Staub. Spät abends konnte ich oft noch die Wäschen mangeln und zusammen legen. Müll entsorgen, glaube ich, war die einzige Tätigkeit, in der ich einmal aus dem Haus kam, außer im Winter, da musste wir alle helfen, um Schnee zu schippen. Meistens war ich erst um zweiundzwanzig Uhr oder manchmal noch viel später fertig. Ich hatte keine Minute Zeit für mich, ich war nur noch für das Hotel da, ich fühlte mich wie eine Leibeigene.

Nie kam ich aus dem Hotel heraus, ich war eine Gefangene, ich konnte in dieser Zeit nicht einmal in Landshut spazieren gehen. Ich konnte nie ein schönes Schaufenster anschauen. Es wäre schon mal schön gewesen, mir die Umgebung anzuschauen, es wäre interessant gewesen, ob ich nach dieser langen Zeit, in der ich nicht hier gewesen war, etwas wieder erkannt hätte, vielleicht das Elternhaus, denn ich war noch ein sehr kleines Mädchen, als ich in das Kloster gesteckt wurde, vielleicht hätte ich meinen Vater gesehen, hätte ich ihn erkannt, nach dieser langen Zeit, hätte er mich wieder erkannt und hätte er das gewollt?

Es war wieder mal eine schwere Zeit, über die ich nichts Gutes berichten konnte, ich kannte keine Freundinnen, hatte keinen guten Job, kein Geld, keine Freizeit, nichts was ich mein Eigentum nennen konnte und von früh bis abends hatte ich nur meine Arbeitsklamotten an, ich brauchte nichts anderes anzuziehen, das war eine sehr traurige Zeit.

Ich heulte in dieser Zeit fast die ganze Nacht, ich fühlte mich total ausgenutzt, ich wurde total ungerecht behandelt, ich wurde immer wieder belogen und betrogen, ich war nur eine Sklavin von diesem Hotel, schuften konnte ich bis zum Umfallen und wurde dafür noch mit Prügel belohnt, nennt man das eine gerechte Belohnung?

Täglich dachte ich, als ich heulte, an meinen Vater und wünschte ihm nichts Gutes, die Prügel die ich jeden Tag bekam, soll er auch zu spüren bekommen. Jeden Tag musste ich die Folgen ertragen, als mich mein Vater allein gelassen hatte, bis jetzt musste ich sie ertragen, ich hatte bis jetzt noch keinen Erfolg erzielt, das ich sagen konnte, es hatte auch eine gute Seite, das er mich ins Kloster steckte.

Muss ich ununterbrochen Leiden, darf ich nie etwas Schönes erleben? Diese Fragen stellte ich mir jede Nacht und ich kam zu keinem Ergebnis, wie ich das ändern konnte.

Von meiner Chefin hörte ich nach einem langen Arbeitstag, nie ein gutes Wort, es gab nie eine nette Geste oder das ich eine Anerkennung bekam. Ich kann mich nie daran erinnern, dass ich jemals ein Lob zu hören bekam. Ich glaube, die

Alte biss sich lieber die Zunge ab, bevor sie etwas Nettes sagte.

Wenn ich in der Küche mit arbeitete, bekam ich vom Koch oder seinem Gehilfen ein nettes Wort zu hören, aber das war schon alles. Wäre eine Möglichkeit da gewesen, wäre ich sofort abgehauen, aber wohin hätte ich flüchten können, ich kannte in dieser Zeit, nicht einmal eine Freundin, bei der ich Zuflucht suchen könnte. Mit jedem Tag Zwangsarbeit wurde ich noch verzweifelter und mein Wunsch nach Freiheit wurde umso größer. Ich kannte keine Freude, es war mal wieder ein sehr deprimierender Lebensabschnitt.

Mein Zimmer hatte ich nur zum Schlafen, ich hatte Untertags kaum Zeit mich kurz auszuruhen, geschweige mein Zimmer aufzuräumen, da kam ich kaum dazu, für so etwas bekam ich keine Zeit. Die alte Chefin gab mir eher eine zusätzliche Arbeit, sie wusste genau, wie sie mich drangsalieren konnte, sie war eine wahre Meisterin in diesem Fach. Sie wäre eine begabte Sklaventreiberin gewesen, keine beherrschte das besser, als sie.

Ich hasste diese Frau, ich spielte schon lange mit dem Gedanken, wenn ich volljährig geworden bin, schmeiße ich ihr den Putzlappen ins Gesicht, haue ab und suche mir einen richtigen Job, aber dort wo ich ein richtiges Gehalt bekomme und eine geregelte Arbeitszeit habe, vielleicht kann ich doch noch eine Ausbildung beginnen, als Kinderkrankenschwester, diese Möglichkeit wollte ich nicht ganz auf die Seite schieben und verwerfen. Ich wusste, das wird sehr schwer zu erreichen sein.

Jede Nacht, malte ich mir die wildesten Sachen aus, wie ich mein Ziel erreichen konnte und ich wusste mit Sicherheit, das einmal der Zeitpunkt kommen würde. Ich dachte mir immer wieder, wenn sich nur die kleinste Möglichkeit ergäbe, dann wäre ich ganz schnell weg, da war ich mir absolut sicher.

Ich erzählte der alten Hexe nie von meinen geheimen Plänen, auch keinem vom Küchenpersonal, wenn sie das erfahren würde, dann würde mich die Alte noch mehr quälen, da war ich mir absolut sicher. Sie war da sehr erfinderisch, mit extra Arbeiten und Schindereien, sie würde nie Rücksicht nehmen auf andere Leute, sie duldete keine Widerrede, wenn ich das doch tat, dann schrie sie, mit ihrem lauten, ordinären

Organ, durch das ganze Haus, sie war überall zu hören, nur wenn ich ihre Stimme hörte, zuckte ich schon zusammen und ich bekam es mit der Angst zu tun, diese Frau war der Albtraum persönlich, sie hätte ohne Maske ohne weiteres in einem Horrorfilm eine Rolle spielen können. Sie wollte es immer wieder allen beweisen, das, sie in diesem Haus die Herrschaft hat. Obwohl es noch einen Chef gab, den ich nicht oft zu Gesicht bekam.

 Sie hatte eine sehr rauchige laute Stimme und das hatte auch seinen Grund, denn sie rauchte sehr viel, bei ihr ging nie der Glimmstängel aus, sie rauchte den ganzen Tag, von früh bis spät, sie war eine Kettenraucherin, ich glaube, sie wusste oft nicht, wo überall ihre Zigaretten lagen und vor sich hin glimmten. Sie brauchte den ganzen Tag nur, literweise Kaffee und ein paar Schachteln Zigaretten, sonst nichts, essen musste sie nicht viel, den Hunger unterdrückte sie sehr wahrscheinlich mit ihrem Konsum von Coffein und Nikotin.

 Das Beste, was die Alte konnte, Arbeit anschaffen, schreien und schlagen, Schimpfwörter kannte sie alle, bis zu den Gemeinsten, sie nahm sich kein Blatt vor dem Mund, nicht einmal vor den Gästen, bei meiner Arbeit zuschauen und

dabei eine Kaffeetasse in der Hand halten und in
der anderen Hand glühte eine Zigarette, ihr
typisches Erkennungszeichen, so war sie und ihre
ordinäre Klappe brachte sie auch nicht zu. Anders
sah man die Frau nicht, ich kannte sie nicht
anders, ich dachte mir oft, die Alte würde
bestimmt mit einer Zigarette in der Hand sterben.

Noch heute erscheint mir die Alte in meinen
schlimmsten Albträumen, ich habe vor ihr nie
meine Ruhe, denn ihre gemeinen Anweisungen
werden nie aufhören, in der Nacht verfolgen sie
mich manchmal, sie sind zwar viel seltener
geworden, als früher, aber in manchen Nächsten
sehe und höre ich immer noch die Alte, die
rauchige, ordinäre Stimme geht durch Mark und
Bein. Es gab Nächte, da bin ich Schweißgebadet
aufgewacht, heute kommt das allerdings selten
vor.

Ich machte bestimmt meine Arbeit nicht langsam
und bemühte mich stets, das ich sie
ordnungsgemäß verrichte. Aber das war der alten
Chefin nicht genug. Stets kontrollierte sie mich
und verfolgte mich durch das ganze Haus, sie
wollte immer genau wissen, was ich in dieser Zeit
tat. Mit diesem Problem war ich allerdings nicht
allein, auch die anderen Angestellten wurden von

der Alten immer kontrolliert und beschimpft, allerdings nicht verprügelt.

Das ließen sich einige Mitarbeiter nicht lange gefallen, so kam es öfters vor, das die Alte eine Kündigung in ihren Händen hielt und die Mitarbeiter zu einer Konkurrenz wechselten, ich konnte es gut verstehen, das einige Mitarbeiter, diese Schikanen der Alten sich nicht gefallen ließen und daraus ihre Konsequenzen zogen. Ich fand es manchmal schade, das gerade die netten Mitarbeiter das Weite suchten.

Wenn ich es einmal wirklich schaffte, mit einer Kollegin oder einem Kollegen zu reden, war das Gesprächsthema mit Sicherheit, „die alte Chefin", wer auch sonst. Diese alte Hexe sorgte immer für ein Gesprächsthema, gab es einmal nichts über sie zu tuscheln, dann dauerte es nicht lange und sie sorgte dafür. Gerade die Leute, die in der Küche arbeiteten und schon eine längere Betriebsangehörigkeit besaßen, sie wussten, dass ich täglich von der Alten geschlagen wurde. Sie hatten großes Mitleid mit mir und sie hatten versprochen, das sie mich unterstützen würden, wenn die Zeit kommen würde, zu verschwinden. Ich hoffte jeden Tag, das es bald so weit sein würde.

Die Alte war unberechenbar, sie stand oft plötzlich hinter mir, beobachtete mich bei der Arbeit und schrie mich mit ihrer rauchigen Stimme unvermittelt an. Es gab meistens keinen richtigen Grund dafür, die Arbeit ging ihr immer zu langsam voran, egal wie schnell ich arbeite, danach folgte immer ein hysterisches Geschrei und ihre Hand rutschte zur gleichen Zeit aus, ich hasste es, sie schlug immer mit voller Wucht zu und immer ins Gesicht. Was sie auch gerne machte, wenn ich gerade die Waschmaschine befüllte, diese stand am Boden und ich musste mich bücken, sie schlich sich von hinten an und schlug mir ihren Fuß so fest ins Gesäß, das ich mit voller Wucht gegen die Maschine flog und mich dabei verletzte und das meistens am Kopf.

Natürlich wurde ich nicht zu einem Arzt gebracht, die Wunde konnte dann ein anderer Angestellter versorgen. Dass dann die Folge hatte, das Hotel hatte ein neues Gesprächsthema. Dass meistens dem Chef zu Ohren kam und das ich von der Alten verletzt wurde, gefiel ihm überhaupt nicht, daraufhin bekam die Alte ihr Fett ab, das gefiel mir. Aber meistens dauerte es danach keine fünf Minuten und ich bekam alles wieder mit Zinsen zurück.

Krank sein, wurde absolut nicht hingenommen, einen Arztbesuch duldeten sie nicht, es wurde alles selbst behandelt. Die Sitten des Klosters ließen mich nicht los, es war alles wie verhext. Ich war noch nie bei einem Arzt, ich wusste gar nicht, wie ein Doktor aussah, welche Fachrichtungen es gab und was für welche Behandlungsmethoden sie zur Verfügung hatten, bei gewissen Krankheiten.

Ich war total ahnungslos, meiner Ansicht nach, war das Absicht, das ich mir kein Wissen aneignen sollte, sonst wäre sehr wahrscheinlich einiges geändert worden und das wollten die Alte und der Chef nicht?

Nicht einmal zu einem normalen Hausarzt durfte ich gehen, auch wenn ich Unterleibsschmerzen oder mich schlecht fühlte, zum Beispiel weil ich Grippe bekam, fragte ich die Alte, ob ich einen Hausarzt aufsuchen dürfte. Daraufhin sagte die Alte immer: „Deine kleinen Wehwehchen können wir schon selbst behandeln, dafür brauchst du keinen Arzt aufsuchen und wir müssen kein unnötiges Geld ausgeben."

Es war eine Unverschämtheit, wie die Alte mit mir umging, sie nahm absolut keine Rücksicht auf mich, auch wenn sie bemerkte, dass ich eine richtige Grippe bekam und Fieber hatte und ich eigentlich ins Bett gehörte, um mich zu erholen. Die Alte ließ so etwas nicht zu, denn sie war der Meinung, mit Grippe kann man genauso arbeiten, man muss sich nur ablenken, dann vergeht die Grippe wieder. Später erfuhr ich, dass ich bei keiner Krankenkasse angemeldet war. Somit hätten sie meine Behandlung privat bezahlen müssen und das wollten und konnten sie nicht.

Sie waren zu geizig, um meine Krankenkassenbeiträge zu zahlen, das war nochmals ein Beweis, dass ich für sie nur eine Sklavin war. Ich musste schon froh sein, das sie meine Rentenbeiträge einbezahlten. Ich war ihnen total ausgeliefert, ich konnte mich nicht wehren, ich musste für sie nur funktionieren, nur das wollten sie, ansonsten hätten sie für mich eine Fachkraft einstellen müssen, somit tief in die Tasche greifen und ein richtiges Gehalt bezahlen, das wäre ihnen nie in den Sinn gekommen.

Ich war das Aschenputtel von Landshut, ich hatte nur das Pech, das mich hier kein Prinz erlöste von meinem Schicksal und in sein Schloss holte. In diesem Hotel konnte ich nie eine Prinzessin werden und ein schönes Leben führen, bis ans Lebensende. Ich hatte immer das Gefühl, das mein Märchen kein Happy End haben kann, mein Königreich war nur das Hotel und keinen Meter weiter. Aber ich wollte trotzdem nicht aufgeben, vielleicht hat mein Märchen ein paar Jahre Verspätung?

Eigentlich konnte mich ein Prinz in diesem Hotel nicht finden, es gab keine Möglichkeit mich zu entdecken, ich war eingesperrt, die Alte und der Chef würden mich nicht gehen lassen. Meine Betreuerin hatte immer noch die gesetzliche Hand über mich, die würde mich hier festhalten, es war keine Flucht möglich, sie würden mich von der Polizei suchen lassen, somit wäre ich schnell gefunden und zurückgebracht worden, danach wäre alles nur noch viel schlimmer.

Es war eigentlich schon komisch, ich hatte eine gesetzliche Betreuerin, die sich in diesem Hotel nicht ein einziges Mal blicken ließ. Sie war doch eigentlich für mich zuständig und ihre Aufgabe wäre gewesen, dass sie sich nach mir erkundigen müsste, wie es mir an meiner Arbeitsstelle ging, ob alles mit rechten Dingen zu ging. Ich denke, sie hatte nur zwischen durch meinen Chef angerufen und sich nach mir erkundigt, der hatte natürlich erwidert, das alles in bester Ordnung wäre.

Mich fragte damals niemand, wie es mir ging und ich mich fühlte, ob sich mein Arbeitgeber an die Vorschriften hielt, ob ich eine Freizeit bekam, ob ich einem Hobby nachgehen konnte. Ich wäre im Sommer gerne Schwimmen und im Winter Schlittschuh laufen gegangen, aber keiner Freizeitbeschäftigung konnte ich nachgehen.

Ich hätte der Betreuerin einiges erzählt, aber da sie nicht kam, konnte ich das nicht, war das vielleicht Absicht, wusste sie schon vorher, was in diesem Hotel vorging, das war anzunehmen? Nicht einmal eine Telefonnummer von ihr besaß ich und das dazu gehörige Kleingeld natürlich auch nicht, damit ich sie von einer Telefonzelle aus ungestört anrufen konnte.

Somit wäre das die größte Schweinerei, die mit mir gemacht wurde, ich wurde vom Kloster an die Haushaltsschule weitergereicht, um danach an das Hotel weiter verkauft zu werden und die Betreuerin wusste von der Zwangsarbeit, die ich zu verrichten hatte.

Wenn es so wäre, sollten die verantwortlichen Personen sofort bestraft werden, sie sollten nicht ungeschoren davon kommen. Ich denke, dass ich damals nicht die einzige Person war, die es so ergangen war, ich denke, nur an die Freundinnen in der Haushaltsschule, sie konnten ihre Arbeit auch nicht wählen, genauso wie ich, bekamen sie einen Job als Putzfrau aufgebrummt, denn auch sie wurden nicht gefragt, ob sie die Arbeit für richtig hielten. Sie erleiden bestimmt das gleiche Schicksal, als ich?

Irgendwann, es war kurz vor meinem siebzehnten Geburtstag, bemerkte ich, dass die schrullige Alte und mein Chef sich immer öfter sehr angeregt unterhielten, die alte fraß buchstäblich ihre Zigaretten, sie waren beide sehr Nervös. Ich hörte nur, das es um ein neues Projekt ging, um was es genau ging, hörte ich nicht. Aber ich wusste, wo ich es vielleicht erfahren konnte.

Wie jeden Tag, musste ich in der Küche helfen, dort arbeiteten meine wichtigen Informanten und meine vertrauten Freunde, ich erzählte ihnen, was mir aufgefallen war, aber das ich leider kein Wort verstanden hatte. Sie lachten alle und antworteten: „Sie wissen nur ein bisschen mehr, das es um ein Hotel ginge, das der Chef kaufen will oder vielleicht schon gekauft hat." Ich sagte damals zu

ihnen: „Dann kann er gleich die Alte dort
hinschicken, dann haben wir sie hier los." Alle
lachten laut heraus, aber ich wusste noch nicht,
was es mit mir zu tun hatte.

In den nächsten Tagen sah ich die Alte und den
Chef immer heftiger und häufiger Streiten, danach
rauchte die Alte nur noch und schüttete einen
Kaffee nach dem anderen die Kehle hinunter, sie
war sichtlich mit den Nerven fertig, was ging da
vor sich. Ich wusste noch nicht, dass ich es bald
erfahren würde.

In den darauffolgenden Tagen wurden ihre
Diskussionen viel heftiger, es hätte nur noch
gefehlt, das sie Handgreiflich wurden. Die Laune
der Alten war auf dem Siedepunkt, ihre Nerven
waren blank. Ich hatte endlich selbst gehört, das
es um ein Hotel in einer anderen Stadt ging und
das sollte die Alte leiten. Ich freute mich damals
schon und dachte mir: „Endlich bin ich die
gemeine Alte los."

Aber wie so oft das Leben spielt, stellte mein
Schicksal die Weichen ganz anders. Ein paar Tage
danach, holte mich der Chef in sein Büro und er
erklärte mir die neue Sachlage: „Er habe sich ein
neues Hotel in Gefrees gekauft und dort brauche
er Personal." Nur als ich diesen Satz hörte, wollte

ich schon im Stuhl versinken, denn ich ahnte Böses. Als ich hörte, das die Alte das neue Hotel leiten sollte, wurde es mir ganz heiß, ich schwitzte und ich wollte sofort davonlaufen. Danach sagte er: „Das ich als Gehilfin mit der Alten in das Hotel ziehen muss."

Mein erster Satz daraufhin war: „Mit der alten Hexe gehe ich nicht dorthin, sie soll sich eine neue Sklavin suchen." Aber der Chef duldete keine Widerrede, ich musste wieder umziehen, in ein neues Gefängnis.

Ich wurde nie gefragt, ob ich das machen will. Wurde überhaupt meine gesetzliche Betreuerin gefragt, ich sah sie jedenfalls nie mehr, sie sollte das eigentlich auch wissen, dass ich in eine andere Stadt zog. Mir war das in dieser Situation ziemlich egal, denn ich wusste, ich war jetzt siebzehn Jahre alt und hatte unter gewissen Umständen nur noch ein Jahr mit der Alten durchzustehen. Ich hoffte, das ich an meinem achtzehnten Geburtstag volljährig werde, wenn dieses neue Gesetz beschlossen wird. Sofort werde ich meine ganzen Sachen zusammenpacken und verschwinden, da war ich mir hundertprozentig sicher. Ich hoffte so sehr auf dieses Gesetz, ich wollte unbedingt aus diesem Gefängnis ausbrechen, ich wollte nicht bis zu meinem einundzwanzigsten Geburtstag warten!

Kapitel 8

Das Hotel in Gefrees

Ein paar Tage später war es so weit, ich musste meine paar Habseligkeiten zusammen packen. Ich weinte zwar diesem Hotel keine Träne nach, aber ich wusste, dass es an meinem neuen Arbeitsplatz kein bisschen besser werden würde, denn die alte Chefin brachte ich nicht los. Im Gegenteil die Alte konnte jetzt allein über mich bestimmen, mir schwante böses, denn ich kannte die alte Hexe zu gut.

Der selbe Mann, der mich aus der Haushaltsschule abgeholt hatte, fuhr die Alte und mich nach Gefrees zu dem neuen Hotel, so neu war dieses Hotel auch nicht, dieses Haus hatte bestimmt schon einige Jahrzehnte auf dem Buckel, aber das war mir völlig egal. Der Mann ließ uns vor dem Hotel heraus, brachte die Koffer ins Hotel und fuhr sofort wieder zurück.

Als wir das Hotel betraten, war das Mobiliar abgedeckt und total verstaubt. Die alte schimpfte ununterbrochen, sozusagen, wie soll man bei diesem Saustall, das alte Hotel in kürzester Zeit in Schuss bringen, damit Gäste kommen und sich wohlfühlen können.

Wir schauten uns erst um und die Alte suchte sich ein Zimmer aus und sie zeigte mir mein Zimmer. Schnell musste ich mein Zimmer zurechtmachen und zugleich konnte ich allein anfangen das Hotel auf Hochglanz zu bringen, es war eine totale Schinderei und das ohne einen Pfennig (Cent) Geld zu verdienen.

Tagelang war ich nur am Putzen, die schrullige Alte, nahm nicht einmal einen Putzlappen in die Hand, das überließ sie ihrer Sklavin. Sie war nur damit beschäftigt Ware einzukaufen und zu bestellen und vor allem, das genügend Kaffee und Zigaretten vorhanden waren. Das durfte nie ausgehen, ihre Laune wäre sofort bei ihr total auf dem Siedepunkt und ihre Hand rutschte noch schneller aus. Natürlich war ich mit dem Putzen viel zu langsam, denn sie wollte schon mit dem Hotelbetrieb beginnen, ich wurde unterdessen von ihr des Öfteren geschlagen, ich hatte schnell ein paar neue blauen Flecken von ihr dazu bekommen, ich konnte sie bald nicht mehr zählen.

Vom Keller bis zum Dachboden, alles musste ich auf Hochglanz bringen. Die Waschräume, Abstellräume, Kühlschränke, Küche, Aufenthaltsräume, Empfang, Hotelzimmer und den Dachboden. Sie ließ nichts aus und das alles für mich alleine.

Nachdem ich die Küche sauber gemacht hatte, fing die alte an zu Kochen und bereitete einige Gerichte vor, die Küche danach sauber machen, das blieb mir.

Von morgens um sechs Uhr bis spät in die Nacht konnte ich schuften, es war oft 23 Uhr und noch später, als ich auf mein Zimmer kam, die Alte hielt sich oft an keine Pausen, wenn ich meckerte, bekam ich schnell eine reingehauen. Wochenende kannte ich nach wie vor nicht, sieben Tage die Woche arbeiten, das war meine Kernarbeitszeit.

Als der Hotelbetrieb richtig begann, bekam ich eine weitere Aufgabe dazu, ich konnte den Hotelgästen das Frühstück zubereiten und sie noch bedienen, das Mittagessen und das Abendessen an den Tisch bringen. Die gemeine Alte hatte absolut keine Skrupel, als sie ihre Arbeit an mich weiter reichte. Jeden einzelnen blauen Flecken und jede zusätzliche Arbeit werde ich ihr an meinem letzten Arbeitstag heimzahlen, das stand für mich fest.

Obwohl ich wusste, dass ich nur noch ein Jahr mit dieser schrecklichen Alten abzuschinden hatte. Heulte ich dennoch jeden Abend auf meinem Zimmer, weil, ich hatte nichts, was mir einmal in meinem Leben eine Freude bereiten würde. Nach wie vor dachte ich in solchen schrecklichen Stunden an meinem Rabenvater, der meiner Meinung nach, an meiner schlimmen Situation schuld war. Von meinem dritten Lebensjahr an, kannte ich keine Kindheit und keine schöne Jugend, ich war bis jetzt vierzehn Jahre lang eingesperrt gewesen, ich hatte nie etwas Schönes erlebt, solange sind viele Verbrecher nicht eingesperrt. Nur, was hatte ich verbrochen, wahrscheinlich etwas sehr Schlimmes und das war, ich bin in der falschen Familie auf die Welt gekommen?

Immer wieder drehten sich meine Gedanken im Kreis und das Thema war, meine ehemalige Familie. Warum bekam ich keinen richtigen Vater, warum hatte er uns ausgerechnet in ein Kloster gegeben, ich wollte das einfach nicht verstehen? Vierzehn Jahre lang musste ich jetzt die Folgen von seinem Entschluss ertragen, warum? Ich konnte doch nichts dafür. In solchen

Stunden dachte ich auch an meine Monika und an Georg, es wäre so schön gewesen, wenn ich von ihnen etwas erfahren hätte, wie es ihnen in der Zeit ergangen ist, aber nicht den kleinsten Hinweis bekam ich, meine Geschwister blieben einfach verschollen.

Anscheinend war der Alten die Arbeit zu viel und sie stellte noch eine Bedienung ein, sie sollte von Mittag an bis abgesperrt wurde bedienen, das Hotel hatte auch einen ganz normalen Gaststättenbetrieb, somit blieb mir die Aufgabe den Gästen das Frühstück zubereiten. Aber was ich ganz lustig fand, die Bedienung kam aus meiner Heimat Landshut und so verstanden wir uns sehr schnell gut und wir freundeten uns an.

Ihr ging es viel besser, als mir, sie hatte eine geregelte Arbeitszeit und bekam ein Gehalt von der Alten, wovon sie sich eine eigene Wohnung leisten konnte und einkaufen konnte, wonach ihr begehrte. Vor allem sie musste sich von der Alten nicht alles gefallen lassen. Sie besaß alles, wovon ich nur träumen konnte. Sie konnte ihre Freiheit nach Belieben nutzen.

Es kamen nach einiger Zeit immer mehr Gäste in das Hotel und in die Gaststätte. Daraufhin musste die Alte immer mehr verschiedene Gerichte kochen und die Folge war, ich durfte die total verschmutzte Küche schrubben, ich hasste diese Arbeit, die Alte passte absolut nicht auf beim Kochen, sie verschmutzte alles und ließ alles einfach liegen, denn sie besaß eine Sklavin, die ihr alles sauber machte und wegräumte. Selbst unter dem Kochen ging der Alten der Kaffee und die Zigarette nicht aus, sie hatte immer einen Glimmstängel im Mund, manchmal ging sie auch durch die Hintertür ins Freie und rauchte dort, ich wusste noch gar nicht, was rauchen eigentlich ist und was es bewirkte.

Ich hasste diese Arbeit, ich konnte dieses nörgeln der Alten nicht mehr ertragen. Diese gemeinen Schläge wollte ich nicht spüren, ich wusste inzwischen, wo eine Freundin von der Haushaltsschule wohnte, in Regensburg und wo sich dort ihre kleine Wohnung befand. Ich dachte mir: „Ich werde es der Sklaventreiberin zeigen, ich gehe dahin, wo es mir gefällt." Ich wusste inzwischen, wo sich die Kasse befand, ich nahm mir so viel Geld heraus, wie ich für die Zugfahrt und für die Verpflegung benötigte, packte meine

paar Habseligkeiten zusammen und machte mich
sogleich zum nächsten Bahnhof auf.

 Den richtigen Zug hatte ich schnell
herausgefunden, danach machte ich mich auf den
Weg zu meiner Freundin, die sehr überrascht war,
als ich vor ihrer Wohnungstüre auftauchte, aber
sie freute sich riesig auf unser wiedersehen. Sie
hatte nichts dagegen, das ich bei ihr übernachtete.
Wir konnten uns viel erzählen, ihr erging es auch
nicht besser, nur das sie eine eigene Wohnung
besaß, aber ihr Bett waren nur alte Matratzen. Wir
konnten nicht viel unternehmen, denn sie bekam
so wie ich, auch kein eigenes Geld, obwohl sie
eine eigene kleine Wohnung besaß, die ihr
Arbeitgeber zahlte. Wir waren einer Meinung,
dass es keinem Mädchen aus unserer
Haushaltsschule besser erging, als uns.

 Ich war mir eigentlich sicher, dass sie mich nicht
so schnell finden würden. Aber nach zwei Tagen,
war es so weit, das Jugendamt hatte mich entdeckt
und wieder zu der Alten zurückgebracht. Die
Beamten vom Jugendamt fragten mich nicht,
warum ich vor der furchtbaren Alten abgehauen
war. Sondern ich war das ungezogene Mädchen,
dass ausgebüxt war. Ich war nur ein faules Stück,
das nichts tun wollte, aber das der Alten immer

wieder die Hand ausrutschte, darüber wurde kein einziges Wort gesprochen .

Als ich dann mit dieser alten Chefin allein war, das war vielleicht ein Theater. Diese Beschimpfungen, diese vielen Prügel, die ich danach aushalten musste, das kann ich mir gar nicht mehr vorstellen, wie ich das aushielt. Am liebsten hätte ich meine Sachen erst gar nicht ausgepackt, sondern wäre sofort wieder nach Regensburg gefahren, zu meiner Freundin. Da bekam, ich wenigstens ein paar Stunden Ruhe und etwas Entspannung.

Ein paar Mal büxte ich noch vor der Alten aus, immer wieder fuhr ich nach Regensburg zu dieser Freundin und jedes Mal war die Enttäuschung groß, als das Jugendamt mich zurückgebrachte. Ich hörte schon ihre ordinäre Stimme, bevor das große Theater losging. Es war zum Verzweifeln, denn ich musste bemerken, dass es für mich kein Entrinnen gab, aus dieser Situation. Ich wusste nicht, was ich noch anstellen konnte, damit ich mein eigenes Leben beginnen konnte, so wie ich es wollte. Meine Freundin in Regensburg sah ich danach nie wieder, es war sehr schade, ich wüsste gerne, wie ihr es heute ging.

Es kamen mit der Zeit immer mehr Gäste, die eine Kleinigkeit aßen oder nur ein Bier tranken und sich zusammensetzten. Somit hatten wir schnell einige Stammgäste, einige kamen fast jeden Tag in die Gaststätte, sie tranken jeden Abend einige Bier und gingen erst spät in der Nacht, kurz bevor die Alte die Gaststätte zuschloss und meine neue Freundin Feierabend machte. Ich musste mithelfen, die letzten Gläser und Teller in die Küche tragen und den letzten Abwasch machen.

Ich hasste die Alte immer mehr, ich war die Erste, die aus dem Bett geschmissen wurde und ich war die Letzte, die auf ihr Zimmer gehen und sich in ihr Bett legen konnte und das alles ohne ein geregeltes Gehalt. Ein Geldstück besaß ich noch nie und konnte nie meinen eigenen Geldschein in meiner Hand halten, außer das Geld, das ich aus der Kasse nahm für meine Flucht, ich wusste sonst nicht, wie man damit umging oder was man damit bekommen konnte und welche Werte es davon gab.

Mit der Zeit spielte sich unser Hotel und Gaststättenbetrieb gut ein, ich war trotzdem das Mädchen für alles, ich konnte nach wie vor alles putzen, reinigen, waschen, bügeln und mangeln. Hatte ich meine Arbeit vollendet und die Alte war zufrieden, kontrollierte sie mich nach wie vor, sie ließ nichts aus, dann musste ich in den Gastraum gehen und natürlich dort mithelfen.

Ich schaffte es meistens erst spät Abends und die ersten Stammgäste saßen an ihren Tischen und tranken ihr Bier und rauchten ihre Zigaretten. Damals durfte noch im Gastraum geraucht werden. Mit der Zeit kannte ich die Gesichter der Leute und einige Männer kannte ich mit ihrem Vornahmen und ich wusste die Uhrzeit, wann sie immer kamen, bei manchen Männern konnte ich die Uhr danach stellen und man wusste schon vorher, was er bestellen würde.

Nach einer gewissen Zeit, kam eine Gruppe junger Männer ein paar Mal die Woche in unserem Gastraum und tranken ihr Bier und unterhielten sich, ich war oft in diesem Zeitraum auch in der Gaststube und half ausschenken. Ich musste diese jungen Männer bedienen. Einer der Männer wollte, dass ich mich zu ihnen setze.

Die schrullige Alte wollte das nicht, das ich mich zu dieser Gruppe junger Männer setze, aber die Bedienung, meine neue Freundin Christine winkte ab und sagte: „Dass ich mich ohne weiteres zu den Männern setzen kann, sie habe alles im Griff." Ich bemerkte, dass die Alte nichts dagegen sagen wollte, weil die Männer Stammgäste waren und mehrmals die Woche kamen.

Ich hatte mich noch nie an einem Tisch mit Gästen gesetzt, es war für mich das erste Mal. Ich wurde von ihnen eingeladen etwas zu trinken, allerdings trank ich etwas Alkoholfreies und das erste Mal rauchte ich eine Zigarette. Es war für mich ein ganz neues Erlebnis, ich konnte auch Mal über etwas lachen. Zwischendurch stand ich doch einmal auf und brachte den jungen Gästen ihr bestelltes Getränk, wenn zur gleichen Zeit, meine Freundin einen anderen Gast bediente. Aber ansonsten durfte ich bei ihnen sitzen bleiben und das fand ich schön und vor allem, das sich meine Freundin für mich eingesetzte und ich auch mal etwas Schönes erleben durfte.

Seit diesem Tag kam einer dieser Männer immer öfter in unsere Gaststube und er fragte sofort nach mir, wenn ich nicht in der Stube war, beruhigte ihn Christine sofort, dass ich bestimmt bald da sein werde.

Wenn der Betrieb es zuließ, wollte er, dass ich mich zu ihm setzte und er bestellte mir immer ein Getränk mit und ich konnte bei ihm mitrauchen, wenn er alleine war und seine Kumpels nicht kamen, konnten wir uns sehr gut unterhalten.

Er wollte alles von mir wissen und er erzählte seine Geschichte, somit wusste er bald, dass ich in dieser Welt ganz alleine da stand und von der schrulligen Alten ausgenutzt wurde. Der Alten gefiel es, dass der junge Mann jeden Tag wegen mir kam und für mich immer ein Getränk mitbestellte, somit verdiente sie an mir noch weiteres Geld.

Der junge nette Mann hieß Franz, er wäre gerne mit mir am Wochenende einmal ausgegangen, aber die Alte ließ das natürlich nicht zu, der Grund dafür war, ich wäre für sie nicht abkömmlich gewesen. Christine meine Freundin wäre für mich gerne eingesprungen, aber die blöde Alte blieb stur.

Mein netter junger Freund wusste inzwischen, das ich überhaupt kein Geld verdiente, das fand er allerdings für sehr gemein, weil ich nicht einmal ein kleines Taschengeld bekam, aber er meinte, er hätte mich eingeladen und alles bezahlt. So etwas hatte noch nie jemand für mich getan, der junge Mann wurde mir immer sympathischer und wir freundeten uns immer mehr an.

Meine Klassenkameradinnen hatten schon lange einen Freund und besuchten mit ihm ein Kino oder unternahmen irgendetwas anderes schönes. Wäre mein Vater vernünftig gewesen, dann wäre das für mich mit Sicherheit kein Problem gewesen, mit Franz einmal auszugehen. Ich wäre zu gerne mit ihm ausgegangen, um etwas richtig schönes zu erleben, einfach einmal aus dem blöden Hotel herauskommen. Auch in diesem Fall waren die Folgen zu spüren, dass mich mein Vater allein gelassen hatte.

Uns blieb somit nichts anderes übrig, als uns nur im Gastraum zu treffen und uns dort zu unterhalten. Die gemeine Alte beobachtete uns jeden Tag ganz genau, was wir machten und ich denke, sie hätte bestimmt wissen wollen, über was wir uns unterhielten. Ich bemerkte, dass sich Christine oft über uns und die schrullige Alte amüsierte, ich lachte dann oft meiner Freundin zu und die Alte schaute dann blitzschnell weg.

Ich wusste inzwischen, dass mein Freund in einer größeren Firma in unserer Stadt arbeitete und einen festen Job und ein gutes Gehalt bekam. Er lebte noch bei seinen Eltern, das, was ich nicht kannte, ich wusste nur, was es bedeutete, ohne Eltern zu leben und von Leuten erzogen zu werden, die an dir kein Interesse besaßen, außer, dass du ihre Arbeit umsonst erledigst.

Ich kannte eigentlich von Gefrees noch gar nichts, denn ich kam wieder einmal aus dem Hotel nicht heraus, außer beim Müll entsorgen und Schnee schippen, das war alles. Ich wusste nicht einmal, wie groß unser Ort war, was es für Geschäfte hatte und wer unsere Nachbarn waren. Ich war eine Gefangene der Alten.

Aber das sollte sich bald ändern, die Alte bekam einen Brief und der besagte, das ich noch ein paarmal die Berufsschule in Bayreuth besuchen müsste, das ärgerte die Alte maßlos, denn sie hatte mich fast einen Tag lang nicht unter Kontrolle. Ich wusste auch nicht, was das sollte, denn ich machte keine Berufsausbildung. Aber was soll es, ich kam ein paar Stunden von der alten weg, sie konnte mich in der Zeit nicht quälen.

Ich freute mich zu früh, die Alte plante wieder alles für sie perfekt, sie ließ mich erst in die Berufsschule bringen, als ich die Gäste mit ihrem Frühstück versorgt hatte. Dann kam ein Freund von der Alten mit seinem Auto und brachte mich zu meiner Berufsschule, als der Unterricht zu Ende war, wurde ich pünktlich abgeholt und sofort wurde ich zurück ins Hotel gebracht.

Das nervte mich, war ich einmal in einer anderen Stadt und bekam die Möglichkeit, dass ich etwas bummeln gehen konnte, wurde es mir sofort genommen. Nicht eine Stunde wurde mir gegönnt, ich war die Leibeigene der Alten, ich hasste sie bis aufs Blut.

Ich verstand zwar nicht, was die Schule bringen sollte, den der Unterricht war nur allgemein und hatte nichts mit dem zu tun, was ich gerade machte, der Unterricht wechselte stündlich durch einige Berufe und brachte mir überhaupt nichts, mir schien es so, das es nur ein Anreiz war, später einen richtigen Beruf zu erlernen, wenn es nach mir gegangen wäre, wäre mein Beruf jetzt Kinderkrankenschwester.

Kaum betrat ich das Hotel, wurde ich sofort von der bissigen Alten überfallen und sie überschüttete mich mit massenhaften Aufträgen und sie maulte mich ununterbrochen an, das ich nur faul in der Schule herumhocke und hier meine Arbeit vernachlässigt habe. Ich bin nur ein faules Stück Fleisch, das sich nicht bewegen will. Das musste ich mir immer weiter anhören.

Aber einen Lichtblick besaß ich, das war mein achtzehnter Geburtstag, das Gesetz war amtlich, es war festgeschrieben, ich war mit achtzehn Jahren volljährig, es war für mich der größte Freudentag, wenn es möglich gewesen wäre, dann hätte ich den Tag ganz groß gefeiert, an dem ich es erfuhr. Die Zeit verging und der Tag, dass ich volljährig wurde, rückte immer näher.

Ich unterhielt mich mit meinem Freund natürlich darüber, dass ich unbedingt von dieser gemeinen Alten wegwollte, ich wollte keinen Tag länger bei ihr arbeiten, als es sein musste. Franz verstand mich voll und meinte, dass er für mich etwas unternehmen könnte.

Die Zeit verging und es waren nur noch ein paar Monate zu meinem achtzehnten Geburtstag. Jeden Tag schaute ich auf den Kalender und zählte die Tage, ich konnte es nicht erwarten, bis es so weit war, das ich von diesem Gefängnis mich befreien konnte und die ordinäre Alte nie mehr sehen muss. Ich konnte keinen Urlaub und Krankheitstage von dieser Zeit abziehen, ich kannte nicht einmal, dass es so etwas gab und das mir Urlaub eigentlich zugestanden wäre, niemand klärte mich über so etwas auf, ich kannte bis zu diesem Zeitpunkt auch keine Gewerkschaft.

Eines Tages kam Franz lächelnd in die Gaststube, ich war an diesem Tag schon in der Stube, ich bekam kurz vorher von der Alten mal wieder eine schallende Ohrfeige, weil ich meine Arbeit mal wieder nicht so gemacht hatte, wie sie es wünschte und ich wollte ihre blöde Nörgelei mir nicht gefallen lassen. Weil ich war der Ansicht, dass sie ohne mich, ihr blödes Hotel nicht führen könnte. Sie würde das nie alleine schaffen.

Sofort bestellte Franz bei mir sein Bier und für mich ein Cola und legte seine Schachtel Zigaretten auf den Tisch, so bot er mir sofort einen Platz an. Sofort schrie die Alte: „Du setzt dich erst zu ihm hin, wenn du die anderen Leute bedient hast." Christine sagte daraufhin ganz ruhig: „Setz dich, ich schaffe das locker alleine, ich glaube, er hat eine gute Nachricht."

So war es, Franz lachte über das ganze Gesicht, das war nicht zu übersehen. Er nahm meine Hand und fing an zu erzählen: „Dass er seinen Eltern erzählt habe, das er ein schönes Mädchen kennengelernt hat, die ein Waisenkind ist und hier eingesperrt wird, bei dieser schrulligen, bösen Alten und von dieser kein Gehalt bekommt und er würde gerne dieses Mädchen besser kennenlernen und bei sich aufnehmen." Er machte es dann etwas spannend, aber danach sagte er lachend, sie haben zugesagt, dass du bei ihnen einziehen kannst, genau an dem Tag, wenn du deinen achtzehnten Geburtstag hast.

Ich freute mich riesig, denn ich löste damit ein Problem, aber was mich noch störte, das ich noch kein eigenes Geld besaß, ich hatte bis jetzt noch nie ein eigenes Geld bekommen. Das war für mich damals, das größte Problem, ich wollte unbedingt eine feste Anstellung mit einem festen Gehalt bekommen, am liebsten wollte ich noch meine Ausbildung beginnen. Aber ist das für mich überhaupt noch möglich, das konnte ich zu diesem Zeitpunkt nicht sagen?

Als mein Freund das hörte, meinte er: „Wenn es so weit wäre, das ich bei ihm einziehe, würde er sich darum kümmern, dass ich eine gute Arbeitsstelle bekomme, er würde in Zukunft für mich da sein, wenn ich Hilfe benötige." Er berichtete mir, dort wo er arbeitet, werden bald einige Leute eingestellt und er würde sich für mich einsetzen, das ich auch bald mein Geld dort verdiene. Das hörte sich doch erst einmal gut an! Es war für mich wie ein Wunder.

Ich war ganz happy, das ich endlich ein paar gute Nachrichten bekam. Später erzählte ich es Christine, die sich für mich sehr freute, mich in den Arm nahm und daraufhin sagte: „Endlich kannst du dann deinen eigenen Weg einschlagen und dann kannst du es der Alten einmal richtig zeigen, dass du auch etwas anderes kannst, als nur für sie putzen und das billige Dienstmädchen machen."

Ich hatte den Eindruck, dass die letzten Tage vor meinem wichtigen Geburtstag, viel zu langsam vergingen. Ich konnte es nicht erwarten, bis er da war. Jeden Tag zählte ich, der verging und die ich noch durchhalten musste. Jeden Tag schaute ich ein paar Mal auf den Kalender und stöhnte dabei: „Noch so viele Tage, wie soll ich das noch schaffen."

Diese böse Alte konnte ich nicht mehr ertragen, wenn ich schon ihre ordinäre Stimme hörte, dann wollte ich am liebsten davonlaufen. Ich konnte sie nicht mehr sehen, hören, geschweige noch riechen. Ich wollte ihre bösen Nörgeleien nicht mehr hören, ihre Demütigungen ertragen, diese gemeinen Vorwürfe, die sie für mich nur übrig hatte. Täglich ihre Strafen, jeden Tag mindestens eine Ohrfeige oder sie schlug mit dem Fuß nach mir. Jeden Tag hatte sie eine neue Strafe für mich ausgedacht, ich wollte das diese Sklaverei endlich ein Ende hat.

Franz ließ keinen Tag aus, um mich in der Gaststube zu besuchen, wir konnten es beide nicht mehr erwarten, bis der gewünschte Tag da war und ich aus dem Gefängnis ausbrechen konnte. Dann konnte mich die Alte nicht mehr aufhalten, sie hatte dann kein Recht mehr mich festzuhalten, dann soll sie ihr Hotel alleine putzen. Ich hätte ihr gern dabei zugeschaut und ihr dabei ein paar Mal in dem Hindern getreten, das wäre für mich der größte Spaß gewesen, das malte ich mir oft in meinen Gedanken aus.

Wenn ich mich mit meinem Freund unterhielt, ging es fast nur noch um ein Thema, der Ausbruch aus meinem Gefängnis. Ich kam mir vor, als wäre ich ein Schwerverbrecher, der seinen Ausbruch aus einem Hochsicherheitstrakt plante. Wenn es möglich gewesen wäre, dann hätte ich die gemeine Alte auch einmal so lange eingesperrt und keine Minute mehr herausgelassen, verdient wäre das wirklich gewesen und dazu noch die nötige Prügelstrafe.

Ich stellte mir oft vor, wie sie in diesem Moment aussehen würde, wenn ich meinen Putzlappen hinschmeiße und das Hotel verlassen würde, kündigen wäre nicht nötig gewesen, denn ich besaß keinen Arbeitsvertrag, ich wusste damals nicht, was das war, mir hatte das niemand erklärt, das so etwas nötig gewesen wäre.

Franz besprach mit mir am Abend alles ganz genau, wie es an meinem Geburtstag ablaufen sollte, ich war sehr nervös. Denn ich wusste, es kam ein ganz neuer Lebensabschnitt auf mich zu, ich war frei, kamen jetzt rosigere Zeiten auf mich zu? Ich konnte es noch gar nicht richtig fassen und verstehen, dass ich nie mehr eingesperrt war und tun konnte, was ich selbst für richtig hielt.

Nur Christine wusste von unserem Plan und sie freute sich sehr für mich. Wir wollten uns auf jedem Fall, nach meinem Ausbruch wieder sehen, aber in ihrer und meiner Freizeit, wir wollten uns ganz privat treffen und etwas zusammen machen und wenn es nur in einem Café war. Ich freute mich schon sehr darauf, denn ich war noch nie in einem Café, ich hatte noch nie einen richtigen guten Kaffee getrunken.

Am letzten Abend wollte ich am liebsten gar nicht in mein Bett gehen. Franz bemerkte es, er versuchte immer wieder mich zu beruhigen und meinte, es würde morgen alles gut werden und eine neue gute Zeit würde für mich beginnen. Ich hoffte, dass er recht behalten würde? Zu Franz hatte großes Vertrauen, weil er mich aus dem Hotel holte und mich bei ihm wohnen ließ. Wir blieben in der Gaststube bis sie geschlossen wurde, denn wir freuten uns auf den nächsten Tag. An diesem Abend wollte ich gar nicht auf mein Zimmer gehen und wäre am liebsten sofort mit meinem Freund mitgegangen. Ich wusste nicht, ob die Alte mein Vorhaben bemerkte oder besaß sie eine gewisse Ahnung?

Sehr nervös war ich, sodass ich nicht schlafen konnte, ich konnte es nicht erwarten, bis die Sonne aufging, denn es war Juli, es war mitten im Sommer. Immer wieder schaute ich auf meine Uhr und konnte es nicht erwarten, bis der morgen anbrach.

Kapitel 9

Mein achtzehnter Geburtstag

Als die Sonne durch mein Fenster schien, wusste ich, das wird ein schöner Tag. Ich war trotzdem sehr nervös, ich wusste im ersten Moment nicht, was ich tun sollte. Ich stand viel früher auf, als es notwendig gewesen wäre und packte meine paar Habseligkeiten in eine große Reisetasche, damit alles bereit war für eine Flucht ohne Rückkehr. Dann dachte ich meine Flucht genau noch einmal durch.

Danach ging ich in die Gaststube, als wäre es ein ganz normaler Tag, ich machte wie immer den Hotelgästen ihr Frühstück, kurz darauf erschien die alte Chefin und wünschte mir mit ihrer ordinären Stimme nur einen guten Morgen.

Diese letzten Tage in meinem Gefängnis weiß ich noch ganz genau, ich werde sie nie vergessen. Sie erwähnte mit keinem Laut meinen achtzehnten Geburtstag, wenigstens das hätte ich erwartet, so war mir alles klar.

Wenn man es genau nahm, konnte ich noch nie einen Geburtstag von mir feiern. Ich werde für sie nie etwas bedeuten, sie sah mich nur als ihr Eigentum, nur das ich für sie bis zu diesem Zeitpunkt, eine kostenlose Zwangsarbeit verrichtete, das war das Einzige, was ihr wichtig war. Ich war stinksauer und wollte nur noch das Eine, raus aus dem Haus, ich wollte es am liebsten aus meinen Gedanken verbannen und das möglichst schnell. Sofort schrie die alte, mit einer Zigarette und einer Kaffeetasse in der Hand, ich solle als Erstes die Gaststube durchwischen. Mich interessierte das eigentlich gar nicht mehr, ich ließ alles ganz langsam angehen. Ich wollte eigentlich nur noch die Zeit überbrücken, bis mein Freund Feierabend hatte. Ich glaube, ich schaute alle paar Minuten auf die Uhr, die Zeit verging mir viel zu langsam, aber ich musste warten, bis Franz aus seiner Firma kam.

Die widerliche Alte verschwand gemütlich in die Küche, ich hoffte, dass sie nicht mehr so schnell erscheinen würde, so putzte ich ganz gemütlich den Gastraum heraus und machte nebenbei noch alles weitere sauber. Die Zeit verging zwar langsam, aber bald würden die ersten Mittagsgäste kommen und Christine würde auch bald erscheinen.

Gerade als meine Freundin zu Türe hereinkam, schlich die Alte aus der Küche, schenkte sich einen Kaffee ein, zündete sich eine Zigarette an und setzte sich gemütlich an einen Tisch, schaute sich dabei um, schüttelte ihren hässlichen alten Schädel. Dann setzte ihre ordinäre, schreiende Stimme ein: „Das kann man doch nicht saubermachen nennen, so etwas ist eine pure Faulheit." Sie schimpfte noch viele weitere Gemeinheiten hinaus.

Christine stand nur da und hörte sich diese Gemeinheiten an und schüttelte fassungslos den Kopf. Eine unfassbare Wut kam in mir hoch, die Jahre lange Unterdrückung und Sklaverei hat mich zu einer Tat hinreißen lassen, die ich so nicht geplant hatte. Der Putzeimer stand vor mir, mit einer schmutzigen Brühe, ich ging auf die Knie, nahm den großen Putzlappen, tauchte ihn in den Eimer, wrang den Lappen nur ein wenig aus, sodass er immer noch tropfte. Dann visierte ich die Alte an, zog den Arm aus und schmiss den verschmutzten Putzlappen der Alten voll in ihre widerliche Fresse. Ich glaube, so gut hatte ich in meinem ganzen Leben noch niemals getroffen.

Ich traf voll ins Schwarze, die ordinäre Alte brachte keinen Ton heraus, die dreckige Brühe lief ihr über das Gesicht, die Zigarette hing ihr nass über Unterlippe herunter. Der Mund öffnete sich, aber kein Ton kam über ihre Lippen. Man konnte es nicht glauben, die Alte war doch einmal sprachlos, sonst brachte sie ihren gemeinen Mund niemals zu.

Ich wartete nicht bis das böse Weib den Schreck verdaute und losschreien konnte. Ich rannte sofort los auf mein Zimmer, schnappte meine Tasche und rasend schnell aus dem Hotel, niemand versuchte mich aufzuhalten.

Dann stand ich plötzlich im Freien und konnte erst mal tief durchatmen. Ich konnte es erst nicht begreifen und ich sagte es vor mich hin: „Ich bin frei, ich kann jetzt tun und lassen was ich will." Ich hätte vor Freude die ganze Welt umarmen können! Eines war ich mir ganz sicher, dieses Gasthaus und Hotel werde ich in meinem ganzen Leben nie mehr betreten, auch nicht als Gast.

Jetzt fehlte nur noch mein Freund Franz zu meinem Glück, ich wartete ganz einfach vor dem Hotel auf ihn. Es war wie verabredet, er ließ nicht allzu lange auf sich warten, lächelnd kam er auf mich zu und das erste Mal konnten wir uns in den

Arm nehmen und er war der Erste, der mir zu meinem wichtigen achtzehnten Geburtstag gratulierte, plötzlich war ich in einer ganz anderen Welt angekommen, ich fühlte mich total anders, obwohl ich noch nicht genau wusste, wie alles weitergehen sollte.

Gleich danach nahm er mich ganz einfach bei der Hand, nahm meine Tasche in die andere Hand und wir gingen zu seinen Eltern. Unterwegs konnte ich mir ein wenig Gefrees anschauen, bis jetzt kannte ich von dieser Stadt noch nichts.

Seine Eltern besaßen ein kleines Haus und ich wurde von ihnen herzlich aufgenommen. Natürlich musste ich mit ihnen erst einen Kaffee trinken und von mir einiges Erzählen, aber was konnte ich schon von mir erzählen, nur von einem Prügelkloster, die unnütze Haushaltsschule war auch ein Heim und die Zwangsarbeit im Hotel, die vielen Beschimpfungen und Prügel. Nach und nach erzählte ich mein ganzes Leben dieser Familie, die sehr entgegenkommend zu mir waren und sich sehr aufmerksam meine lange Lebensgeschichte anhörten.

Es war kein großes Haus, das sie besaßen und es bot nicht allzu viel Platz für die gesamte Familie. Denn Franz besaß noch eine Schwester und einen Bruder. Seine Schwester bewohnte ihr eigenes Zimmer und Franz musste sein Zimmer mit seinem Bruder teilen und jetzt zog ich in dieses Zimmer auch noch ein. Aber ich war überglücklich, das ich von dieser alten, bösen Hexe erlöst wurde, mein Prinz war gekommen und hat mich erlöst, nur war ich immer noch das Aschenputtel.

Natürlich wollte Franz mit mir noch meinen achtzehnten Geburtstag feiern, das erste Mal in meinem Leben, das ich mit einem geliebten Menschen ausgehen konnte. Ich durfte mit ihm in ein schönes Lokal gehen und dort etwas gutes Essen, ich war noch nie in einem schönen Restaurant essen, ich wusste erst gar nicht, wie ich mich benehmen sollte. Ich wusste auch nicht, was ich bestellen sollte, denn einige dieser Gerichte kannte ich nicht. Aber mein Freund war immer zur Stelle und half mir. Wir bleiben sehr lange in diesem Restaurant sitzen, es besaß eine sehr schöne gemütliche Atmosphäre, die ich noch nie spüren durfte.

Wir feierten meinen Geburtstag sehr feierlich und
ausgelassen. Ich kam mir vor, als wäre ich eine
Fremde in einer anderen Welt, denn ich wurde all
die Jahre vor dieser Welt isoliert, ich durfte die
schönen Dinge des Lebens nicht kennenlernen.
Warum hielt man uns das fern? Das war für mich
der erste schöne Geburtstag, den ich feiern und
erleben durfte. Als wir auf unser Zimmer kamen,
konnte ich das erste Mal in den armen meines
Freundes einschlafen, ich fühlte mich total behütet
und brauchte keine Angst mehr haben, ich fühlte
mich in Sicherheit und musste nicht zittern, dass
ich noch Prügel bekam!

Am darauf folgenden Wochenende konnte ich mit
ihm tanzen gehen, ich schämte mich ein wenig,
denn ich besaß keine geeignete Kleidung, um
auszugehen, aber mein Freund meinte, ich bin
schön genug und ich werde bald einkaufen gehen
können. Ich kam aus dem Staunen nicht heraus,
denn das war für mich absolut neu, ich konnte
noch nie ein Tanzlokal betreten und vor allem von
ihnen anschauen, geschweige ich hatte noch nie
eine solche Musik gehört, ich wusste nicht einmal,
wie man tanzt. Das musste mir Franz erst lernen,
aber ich hatte Spaß daran und wir wiederholten,
das in regelmäßigen Abständen. Es war für mich
ein total neues Leben, ich spürte Leben in mir,

mein Leben hatte plötzlich einen ganz anderen Sinn bekommen.

Ich komme wieder auf das alte Thema zurück, wer war schuld daran, dass ich so lange diese schönen Dinge des Lebens nicht kannte, mein Vater? Das sind nach wie vor die Auswirkungen, weil er mich damals ins Kloster steckte. Das hätte er nie tun dürfen! Ich wusste nach wie vor nichts über meine Geschwister, ich hatte weder von meiner Schwester noch von meinem Bruder kein Lebenszeichen.

Es ging mir sehr gut in dieser Familie, auch wenn sie nicht viel besaßen, das Haus war sehr einfach eingerichtet, aber sie konnten es ihr Eigenes nennen. Im Winter war es zwar etwas ungemütlich, denn die einzige Heizung war ein kleiner Holzofen, aber ich war jeden Tag mit Franz zusammen.

Natürlich hatte Franz sein Versprechen eingehalten und ich konnte mir ein paar schöne Klamotten kaufen, aber wieder schämte ich mich, weil ich besaß immer noch nicht mein eigenes Geld und wer war wohl wieder daran schuld, mein Vater. Aber mein Freund meinte zu diesem Thema, er wird sich darum kümmern, dass ich bald in seiner Firma eine Arbeit bekomme und ich endlich mein eigenes Geld verdienen würde. Ich konnte es nicht erwarten, mein eigenes Geld zu verdienen, das erste Mal in meinen Händen halten und damit ausgiebig shoppen gehen.

Auf Franz konnte ich mich verlassen, er hatte sich wirklich um eine Arbeit gekümmert und ich konnte mich bald vorstellen gehen und kurz darauf bekam ich eine Nachricht, dass ich diesen Job bekam.

Die Freude war bei mir überschwänglich, ich konnte es nicht fassen, endlich konnte ich mein eigenes Geld verdienen. Natürlich gingen wir auf diese gute Nachricht am Wochenende noch einmal aus und feierten meinen ersten richtigen Arbeitsplatz. Es war nicht der Arbeitsplatz, den ich mir vorgestellt hatte und wer war daran schuld? Wenn mein Vater, so gewesen wäre, wie man sich das im Leben vorstellt, dann hätte ich schon lange in einer Kinderklinik gearbeitet und wäre mit meiner Ausbildung fertig.

Nichts besaß ich und nirgends kannte ich mich aus, alles musste mir mein Freund zeigen und machen. Für meine Arbeitsstelle brauchte ich ein Konto bei einer Bank oder Sparkasse, ich wusste überhaupt nicht, was ein Konto ist, für was brauche ich das und wie benutzt man das? Wieder musste mir mein Freund behilflich sein.

Überall bemerkte ich, wie unwissend und isoliert wir Klostermädchen gehalten wurden, ich wusste nichts vom Leben, ich wusste nichts von einer Versicherung, wie zum Beispiel einer Haftpflichtversicherung, Lebensversicherung. Auch bei einer Versicherung abschließen musste mir mein Freund behilflich sein, ich kam mir oft vor, als wäre ich noch ein ahnungsloses kleines Kind, das noch alles lernen musste.

Als ich dann in meiner neuen Firma anfing und mein erstes Gehalt bekam, musste mir Franz zeigen, wie ich in der Bank an mein Geld kam, wie ich damit einkaufen gehen konnte, ich wusste nicht einmal, wie welcher Schein oder Münze aussah, es war für mich sehr peinlich, als achtzehnjähriges Mädchen, das nicht zu wissen, aber es war wirklich so? Ich musste alles noch lernen. Aber mein Freund machte es sehr gerne, mir zu zeigen, was für mich wichtig war? Natürlich machte er sich oft über mich lustig, aber trotzdem half er mir, wo es nur ging!

Für mich war das wichtigste, ich hatte meine Arbeit, mein eigenes Geld und das ich mich nach meinem Feierabend frei bewegen konnte, so wie ich wollte, ich konnte einkaufen, was ich wollte und tun was ich wollte!

Kapitel 10

Die nächste Gemeinheit!

Das Leben ging weiter und wir beide verdienten gemeinsam unser Geld in der Firma in Gefrees. Franz und ich waren verliebt und wir wohnten immer noch bei seinen Eltern im Haus. Wir wussten, dass wir nicht sehr lange, in dem Haus bleiben konnten, denn sein Bruder wollte irgendwann sein Zimmer für sich alleine. Wir sagten uns: „Ich verdiene endlich auch mein Geld und wenn wir genügend zusammen gespart haben, wollen wir uns eine eigene Wohnung mieten und wir gestalten sie gemeinsam, so wie wir es wollen." Wir wollten seinen Eltern nicht weiter zur Last fallen und sein Bruder sollte endlich sein eigenes Zimmer bekommen.

Mein Freund musste für mich noch einige Dinge erledigen wie bei einer Krankenkasse anmelden, einen geeigneten Hausarzt und Zahnarzt suchen, immer wieder wurde mir bewusst, was mir das Kloster und die Haushaltsschule bei uns Kindern versäumt hatte. Was ich in einem normalen Leben benötige, wurde mir alles nicht bei gebracht.

Nach circa einem halben Jahr suchten wir eine gemeinsame Wohnung und nach einer längeren Suche wurden wir fündig. Wir richteten uns einfach aber nett ein. Es machte mir Spaß, endlich etwas Vernünftiges und für mich auch etwas Kreatives zu tun. Wir hatten unser gemütliches Liebesnest eingerichtet, es war einfach, aber schön. Endlich besaß ich eine eigene Wohnung, hier konnte ich mit meinem Freund ungestört Leben und wir konnten unsere Zukunft gemeinsam planen und gestalten.

Ein paar Jahre später heirateten wir, es war ein schönes Fest, natürlich waren seine Eltern, seine Schwester und sein Bruder eingeladen. Nur von meiner Familie kam niemand und ich kannte keinen Menschen, den ich einladen konnte, denn ich wusste nicht, wo sich meine Schwester und mein Bruder befand, ich dachte bei den Vorbereitungen der Hochzeit an meine Geschwister und fragte mich: „Wie wird es den

beiden gerade gehen, wo befindet ihr euch, wie ist
es euch ergangen, vielleicht habt ihr euch
wenigstens gefunden?" Mir liefen ein paar Tränen
über meine Wange, als ich an sie dachte und
stellte mir die Frage, warum musste das sein?

Aber niemand konnte mir die Frage beantworten.
Nur weil mein Vater uns in verschiedene
Klosterheime verteilte, konnten meine
Geschwister nicht bei meiner Hochzeit anwesend
sein, meinen Vater würde ich nie eingeladen, auch
wenn ich wüsste, wo sich der Drecksack von
Vater befand, wie hätte ich mich gefreut, wenn
meine Schwester Monika und mein Bruder Georg
bei meinem wichtigen Tag dabei gewesen wären.
Aber mein Vater wollte anscheinend, das wir uns
nie mehr sehen sollten?

Ein Jahr später kam unser erstes Kind, ein
Mädchen zur Welt. Wir bekamen später drei
Kinder, zwei Mädchen und einen Jungen, wir
waren eine glückliche Familie, mit drei gesunden
Kinder, was will man mehr. Das war für mich das
größte Glück.

Wir ließen unsere Kinder natürlich taufen,
Taufpaten waren seine Schwester und sein Bruder,
seine Familie übernahm das gerne und ich fand
das natürlich schön, aber es wäre noch schöner
gewesen, wenn vielleicht meine Schwester oder
mein Bruder auch ein Taufpate gewesen wäre.
Immer wieder wurde ich mit der gemeinen Tat
von meinem Vater konfrontiert, nicht einmal bei
einer Taufe von meinen Kindern, konnten meine
Geschwister anwesend sein, es wäre natürlich
noch schöner gewesen, wenn sie auch einmal
meine Kinder auf ihren Arm gehalten hätten.

Ich vermisste sie immer noch, manchmal stellte
ich mir vor, wie es wohl wäre, wenn sie da sein
könnten. Ich dachte mir in solchen Momenten oft,
wahrscheinlich wird es ihnen genauso gehen, als
mir und sie wissen genauso wenig von mir und
können mich nicht besuchen kommen.

Wir zogen natürlich in eine größere Wohnung,
denn wir brauchten mehr Räume und viel mehr
Platz für unsere Kinder. Wir hatten sehr viel Spaß
mit unseren Kindern und sahen, wie unsere
Kinder größer und älter wurden. Sie bekamen ihre
Zähne, lernten das Sprechen und lernten das
Laufen und vor allem sie waren immer
zusammen, für sie war eine intakte Familie da.

Unsere Kinder konnten vor unserer Wohnung spielen, den es war ein Garten vor der Wohnung, ich wollte, dass meine Kinder es besser haben, als ich. Sie sollten keine Prügel von Klosterschwestern erhalten, sie müssen frei leben können, in der Schule sollten sie wie normale Kinder behandelt werden und alles erhalten, was sie zu einem normalen Leben benötigten und vor allem sollten sie immer zusammen bleiben können, solange sie es wollten.

Ich werde es ihnen ermöglichen, den Beruf zu erlernen den sie erlernen wollen. Natürlich werde ich ihnen erlauben in einen Sportverein zu gehen oder Musik zu spielen oder irgendein anderes Hobby zu haben, ich werde sie dabei unterstützen, soweit es für mich möglich wäre. Ich werde alles Mögliche dafür tun, das es meinen Kindern gut geht. Für mich wäre es das Schlimmste gewesen, wenn meine Kinder das gleiche Schicksal erleiden müssten, als ich das durchgemacht hatte.

Vielleicht hatten meine Geschwister auch Kinder, dann wäre es doch schön gewesen, wenn sie zusammen spielen könnten und zusammen aufgewachsen wären. Das wäre herrlich für mich gewesen, aber das blieb alles nur ein Traum, der unerwünscht geblieben ist.

Natürlich hörte ich nach der Geburt meiner ersten Tochter auf zu arbeiten und kümmerte mich um meine Kinder. Ich nahm später kleinere Arbeiten an, um unser Geld ein wenig aufzubessern. Mein Mann arbeitete bis zum Schluss in dieser Firma weiter.

Kurz bevor mein erstes Kind zur Schule kam, erhielt ich einen Brief von einem Beerdigungsinstitut von München, das mein Vater verstorben war und ich die Beerdigungskosten zahlen sollte. Kurz darauf kam ein Brief von einem Bürgeramt von München, das ich für die Kosten für einen Krankentransport bezahlen und ich mich darum kümmern sollte, das seine Wohnung ausgeräumt werden müsste und für diese Kosten ebenso aufkommen sollte.

Für meinen Mann und mich war es, als bekam ich, einen harten Schlag auf den Kopf, als hätte mich ein Dampfhammer getroffen. Wir wussten erst gar nicht, was wir tun sollten, wir waren total sprachlos. Wir sollten für einen Mann, den wir nicht kannten, eine Beerdigung zahlen, für diesen Drecksack, der mich einfach in ein Kloster abschob und sich nie um uns kümmerte, der mich von meinen Geschwistern trennte, dass ich sie nie mehr sah, er hatte sich nie mehr gemeldet, ich wusste nicht einmal, wie er aussah.

Es wäre etwas anderes gewesen, wenn uns mein Vater regelmäßig besucht hätte und für mich immer dagewesen wäre. Gab dieser gemeine Vater nie eine Ruhe, musste er sich noch in meine Ehe einmischen und nach seinem Tod noch für Unruhe sorgen, was war das für ein gewissenloser Mensch?

Ich hätte ihn am liebsten, in der Luft zerrissen, wenn er nicht schon Tod gewesen wäre. Ich sagte zu mir: „Sollen sie ihn doch irgendwo im Wald eingraben, das ist doch mir scheiß egal, er hat es nicht anders verdient!"

Wir mussten drei Kinder versorgen, mein Mann war Alleinverdiener, ich war bei den Kindern zu Hause und verdiente mit kleinen Jobs noch Geld dazu, das wir finanziell über die Runden kamen und dann kam der blöde Brief vom Beerdigungsinstitut und von dem Amt, das waren einige Tausend D-Mark, die wir zu bezahlen hätten. Das wollten wir nicht so einfach stehen lassen, wir sagten uns, das können wir nicht bezahlen.

Ich hatte damals meinen Vater schon lange aus meinem Gedächtnis verbannt, ich wollte von diesem gemeinen Familienteil nichts mehr wissen, weil er mir mein ganzes Leben versaut und mir böses angetan hatte, so etwas wäre einem guten Familienvater niemals eingefallen, auch wenn es für ihn nicht ganz leicht gewesen wäre, er hätte wenigstens versucht, nach einer guten Lösung zu suchen, aber er hatte sich anscheinend, für den leichteren Weg entschieden, das ist etwas, was ich niemals verstehen werde und auch niemals verzeihen werde.

Wir beratschlagten und gingen mit dem Brief in ein Gericht und ließen uns dort beraten und siehe da, wir bekamen einen zuständigen Anwalt, der für solche Fälle spezialisiert war, gestellt und er nahm sich unser an, er schrieb ein paar Briefe an die zuständigen Adressen.

Daraufhin wollte er, dass wir sofort die Erbschaft ausschlugen und das möglichst schnell. Wir mussten uns damals einen Notar in Bayreuth suchen, der für uns das erledigte. Alle Kinder mussten mitkommen, auch unser kleinstes Kind musste anwesend sein. Denn auch unsere Kinder sind Erben. Was natürlich gemein war, die Notar kosten mussten wir bezahlen, für unsere Familie waren diese Kosten eine empfindliche Ausgabe, die für andere Dinge, die wir dringend benötigten fehlten. Das war wohl meinem Vater egal, hätte er nicht vorher für seine Beerdigungskosten sorgen können und nicht damit unsere Familie belasten, für die er kein Interesse hatte, aber so war er auch früher, als er mich mit drei Jahren in ein Kloster steckte.

Nachdem wir mit den Kindern beim Notar waren und die Erbschaft ausgeschlagen hatten, schaffte es der Anwalt, dass wir von diesen Kosten erlöst wurden, weil es für uns nicht zumutbar war, diese Kosten zu tragen und ich meinen Vater nicht kannte. Wir freuten uns riesig, dass der Anwalt uns von diesem Problem erlöste.

Aber ich konnte mich nicht so richtig darüber freuen, denn ich wollte nicht, dass mein Mann und meine Kinder mit meinem früheren Leben konfrontiert wurden, sie konnten nichts dafür. Mein Mann wusste zwar, was ich damals erlebt habe, aber ich wollte nicht, das weitere schwerwiegende Folgen für die Familie entstehen.

Was ich damals noch erfuhr und mich traurig stimmte, das meine Schwester Monika immer noch in einem Heim lebte, mein gemeiner Vater steckte sie genauso in ein Kloster und sie musste, als sie älter war in ein anderes Heim umziehen,

weil sie angeblich epileptische Anfälle bekam.
Was mich sehr schockte, das sie angeblich nie
dieses Heim verlassen könnte, aber in welcher
Stadt und in welchem Heim sie lebte, das durften
wir nie erfahren, denn die Adresse wurde aus
Datenschutzgründen nicht herausgegeben? Das
war mal wieder typisch.

Mein Mann versuchte dann die Adressen meiner
Geschwister selbst herauszufinden. Aber er
schaffte es nur bei Monika, er fand die genaue
Adresse von diesem Heim heraus, aber da wir drei
Kinder hatten und kein Auto besaßen, konnten wir
Monika nie besuchen. Aber Georg blieb für uns
immer verschollen, wohin hat sich mein großer
Bruder verdrückt, wo lebte er jetzt, was machte er,
wir hatten nicht den kleinsten Hinweis, wo wir
suchen sollten? Vielleicht wohnte er gar nicht so
weit entfernt und wir hätten uns leicht gegenseitig
besuchen können? Aber das Schicksal meinte es
nicht gut mit uns.

Als meine Kinder nach und nach eingeschult
wurden und sie ihre Schultüte trugen, stolz ihren
ersten Tag in der ersten Klasse begannen, war von
meinem Mann seine Schwester und Bruder
anwesend, sie wollten unbedingt dabei sein, bei
jedem großen Tag, meiner Kinder. An solchen
Tagen dachte ich jedes Mal, verdammt noch mal,

ich habe Geschwister, bloß wo sind sie, vielleicht wenn wir uns kannten, wären sie bestimmt auch hier.

In dieser Zeit wo die Kinder älter wurden und schon in der Schule waren, fragten die Kinder, hast du keine Eltern, wo ist Oma und Opa, hast du keine Geschwister, wo ist Tante und Onkel, was konnte ich darauf sagen, wie sollte ich das erklären. Wenn man das so hört, was sollte ich daraufhin denken, immer wieder tauchen, schwerwiegende Folgen auf, die mein Vater mit einer gemeinen Handlung in die Wege geleitet hat und das mich durch das ganze Leben begleitet.

Mein Mann und ich lebten unser Leben weiter und die Zeit verging, meine Kinder kamen nach und nach zur Kommunion, alle Verwandte von meinem Mann waren anwesend, nur wo waren meine Geschwister, es wäre sehr schön gewesen, wenn an solchen Tagen meine Schwester und mein Bruder bei mir gewesen wäre, dann hätte ich ein ganz anderes Leben gehabt. Ich hätte neben meinem Mann, vielleicht eine Schwester gehabt, mit der ich vertraute Gespräche führen könnte, aber mir wurde mit drei Jahren, die Personen weggenommen, die mir sehr wichtig waren. So etwas dürfte niemals vorkommen?

Meine Schwester Monika hatten wir gefunden, aber da sie in einem Heim wohnte, konnte sie leider bei keiner dieser Feste anwesend sein und wahrscheinlich wusste sie auch nicht, wo ich mich befand. Aber wir erkundigten uns noch einmal nach Monika und was uns sehr wunderte, sie wurde wieder in einem anderen Heim untergebracht. Was meinem Mann und mich sehr stutzig machte, telefonisch wollten sie keine Auskunft geben, in welchem Heim sie unterbracht wurde und wie es ihr gesundheitlich geht. So waren wir wieder ganz am Anfang, wir wussten wieder nicht, wo sich meine Geschwister befanden.

Die Jahre verging und ich hörte von meinem Bruder immer noch nichts, ich kümmerte mich nur noch um meine Familie, mein Mann und ich brauchten jeden Pfennig Geld für unsere Kinder, deswegen fuhren wir nicht zu dem Heim, wo sich meine Schwester nicht mehr befand, nur um zu erfahren, wo sie neu untergebracht wurde, um danach dort hinzufahren.

Meine Kinder kamen nach und nach zur Firmung. Die Firmpaten wurden die Schwester und der Bruder meines Mannes, wieder muss ich zugeben, dachte ich damals an meine Geschwister, wären wir eine normale Familie, dann wäre bestimmt mein Bruder ein Firmpate gewesen, wo war er, warum konnte man ihn nicht auffinden?

Wenigstens hatten meine Kinder an ihrem großen Tag ihren Spaß und bekamen viele schöne Geschenke, auch von ihren Firmpaten, sie wurden von ihnen zu einem schönen Essen ausgeführt und machten danach einen schönen Ausflug, so wie es sich meine Kinder gewünscht hatten. Für mich war es das Schönste, das meine Kinder in diesem Sinne glücklich waren, weil das konnte ich an meiner Firmung nicht alles erleben.

Das Leben ging weiter, wir hatten mit unseren Kindern eine schöne Zeit und meine drei Kinder kamen nach und nach aus der Schule. Mein Mann und ich, wir mussten uns für unsere Kinder einsetzen, dass sie eine gute Ausbildung bekommen, wir gaben alles, was für uns möglich war, das unsere beiden Mädchen und unser Junge den Beruf erlernen konnten, den sich meine drei Kinder vorstellten.

Wir waren erst glücklich, als unser jüngstes Kind eine Ausbildung bekam. Ich wollte nicht, das es meinen Kindern so erging, wie mir, ich hatte jetzt keinen Beruf, weil es für mich keine Möglichkeit gab, einen Beruf zu erlernen. Erst als ich achtzehn Jahre alt war, dann hätte ich eine Ausbildung beginnen können. Aber ich kannte in dieser Zeit, schon meinen Mann, wir heirateten und bald darauf hatte ich mein erstes Kind bekommen, wann hätte ich einen Beruf erlernen können und dieses Schicksal wollte ich für meine Kinder unbedingt vermeiden, sie sollten mit einem erlernten Beruf ins Leben gehen. Bei solchen Erlebnissen musste ich immer wieder in meinem Leben zurückblicken und danach bekam einen furchtbaren Hass auf meinem Vater, wegen ihm konnte ich meinen gewünschten Beruf nicht ausüben.

Ein paar Jahre später war ich sehr stolz, als meine drei Kinder, ihre Berufsausbildung gut abschlossen und ausüben konnten. Denn ich war sehr froh, dass ich das, für sie erreicht habe, eben das, was für mich unerreichbar war. Sie konnten ihr Geld verdienen und tun damit was sie wollten, sie konnten ausgehen und sich mit ihrem Geld einen schönen Abend machen. Sie konnten Freundinnen und Freunde kennenlernen und mit ihnen ausgehen. Das, was für mich unmöglich war.

Bald gingen meine drei Kinder ihre eigenen Wege und zogen aus dem Elternhaus aus. Sie hatten ihre Partner gefunden, mit denen sie ihre eigene Zukunft aufbauen konnten. Jetzt wohnten mein Mann und ich wieder alleine in unserer Wohnung. In dieser Zeit dachte ich überhaupt nicht mehr, an meine Geschwister und vor allem nicht mehr an meinen Vater. Aber würde das so bleiben, hatte mein Vater noch eine weitere Überraschung für mich?

Aber so hart das Leben ist, es meinte es für uns, nicht gut. Mein geliebter Mann Franz wurde sehr schwer krank, er bekam Krebs. Die letzten Jahre, die er zu Leben hatte, waren sehr schwere Jahre für mich, den einzigen Menschen, der für mich immer da war, langsam sterben zu sehen. Meine Kinder waren immer an meiner Seite und halfen, wenn es dringend nötig war.

Wenn meine Geschwister noch an meiner Seite gestanden wären, dann wäre es vielleicht für mich ein bisschen leichter gewesen. Gerade mein Bruder Georg, er fehlte mir von Anfang an, denn er war schon damals mein großer Bruder, der immer mit mir spielte und er sollte auch immer für mich da sein, wenn ich ihn brauchte.

Als mein lieber Franz gestorben war, machte ich ein paar Jahre, eine sehr schlimme Zeit durch, meine Kinder unterstützten mich, ich hatte einfach keinen Antrieb mehr, ich war allein und ich fühlte mich mal wieder allein gelassen. Das Leben hatte für mich in dieser Zeit keinen Sinn mehr, mir war alles völlig egal. Nur wenn meine Kinder mich besuchten oder zu sich holten, dann war alles wieder viel leichter.

Kapitel 11

Die nächste Überraschung

Es vergingen ein paar weitere Jahre, ich wurde ein paar Mal Oma, trotzdem kam ich über den Verlust meines Mannes nicht hinweg, ich musste über körperliche und seelische Schmerzen klagen, die Pflege meines Mannes verlangte mir einiges ab. Meine Kinder machten sich schon Sorgen um mich und arrangierten mit meinem Hausarzt, dass ich eine Reha beantragte, es dauerte nur ein paar Wochen und ich bekam ein Schreiben von der Rentenanstalt, das sie genehmigt wurde. Ich wollte trotzdem noch nicht, aber meine Kinder gaben nicht nach und meine Tochter fuhr mich daraufhin zu der Rehaklinik in Bad Bocklet.

Meine Kinder hatten recht, die Reha tat mir sehr gut, die Anwendungen und die andere Umgebung brachten meiner Seele und meinem Körper das, was ich brauchte, dazu lernte ich bald ein paar Freundinnen kennen und wir verbrachten sehr viel Zeit am Abend und am Wochenende zusammen. Nach ein paar Wochen schaffte ich es, das ich die Reha wirklich genießen konnte.

Wir konnten auch einige Seminare besuchen und sie boten eine Raucherentwöhnung an, ich war damals nicht abgeneigt das Rauchen aufzuhören, wenn ich damals gewusst hätte, was ich mir da antat, als ich meine erste Zigarette anzündete, wäre ich nie darauf gekommen damit anzufangen, aber es war niemand da, der mir sagte: „Das ist schädlich für dich, das ist nicht gut."

Ich meldete mich zu diesem Seminar an und ging dort hin. Es war sehr interessant, was sie dort uns erzählten. Aber, nach der Seminarstunde, trafen wir uns doch fast alle am Raucherplatz, mit einem Mann kam ich dann öfter ins Gespräch und wir verbrachten dann immer mehr Zeit miteinander und gingen auch am Wochenende miteinander aus. Aber Rauchen tun wir nach wie vor noch, aber der Gedanke, dass wir einmal aufhören wollen, der ist nach wie vor noch vorhanden.

Was die Folge war, wir trafen uns auch nach der Reha immer wieder. Mein Freund fuhr jedes Wochenende zu mir und blieb bis Sonntag bei mir. Später war ich auch eine längere Zeit bei ihm. Bis ich dann nach Augsburg zog und bei ihm einzog und wir dann nach ein paar Jahren heiraten. Wir passten gut zusammen, denn ich hatte zwei Hunde und mein Freund liebte genauso Hunde und er konnte mit ihnen umgehen, denn auch er besaß immer Hunde. Was für meine Hunde herrlich war, mein Freund besaß eine Wohnung mit einem Garten, indem fühlten sich meine Hunde wohl, was für mich sehr wichtig war.

Wir machten auch eine längere Zeit Camping, wir besaßen einen Wohnwagen, der stand auf einem Campingplatz mit einem See in meiner alten Heimat. Wir verbrachten viele Wochenenden auf diesen Campingplatz, denn auch hier waren Hunde erlaubt und sie konnten frei herumtollen und sie hatten viele andere Freunde. Es war eine sehr schöne Zeit, denn wir konnten meine Kinder besuchen und meine Enkelin konnte uns besuchen. Was für uns ganz praktisch war und dazu war es eine schöne Zeit. Als ich an Lipödem erkrankte, mussten wir den Wohnwagen und den Standplatz am See aufgeben.

Wir fahren nach wie vor öfters in meine alte Heimat und besuchen meine Kinder und fahren danach oder vorher über die tschechische Grenze um ein paar Stangen Zigaretten einzukaufen. Natürlich kommen auch meine Kinder uns besuchen und unsere Enkelin blieb öfters in den Ferien ein paar Tage bei uns.

Die Zeit verging rasend schnell, die Jahre vergingen wie im Flug, ich dachte in dieser Zeit fast überhaupt nicht mehr an meine Geschwister und schon gar nicht mehr an meinen toten Vater. Ich dachte, die schwere Zeit wäre überstanden und ich hatte mit meiner Familie überhaupt nichts mehr zu tun, denn ich kannte meine Familie überhaupt nicht.

Aber das täuschte, darum schreibe ich die Geschichte weiter, meine Familie wollte mich weiter ärgern, das war wahrscheinlich im Sinne von meinem Vater.

Eines Tages, als ich mit meinem Hund vom Gassi gehen zurückkam und den Briefkasten öffnete, war ein Brief von einem Bestattungsinstitut Schwandorf darin, ich erschrak und mir schwante nichts Gutes. Ich eilte sofort in die Wohnung und zeigte sofort den Brief meinem Mann und der war meiner Meinung.

Sofort öffnete ich den Brief und las ihn laut vor, als ich die ersten Zeilen verstand, musste ich mich setzen, ich konnte nicht glauben, was in diesem Brief stand. Es war, als wenn mir ein großer Hammer auf den Kopf geschlagen würde, ich war zuerst total sprachlos.

Mein großer Bruder Georg war gestorben und ich soll mich um die Beerdigung kümmern und sie bezahlen, ansonsten soll ich mich an das Ordnungsamt in Schwandorf wenden, am Kopf des Schreibens war eine Telefonnummer des Amtes und ein Name der zuständigen Mitarbeiterin.

Als ich den Brief gelesen hatte, explodierte ich, ich war außer mir, ich fand, dass der Brief eine totale Frechheit war, denn ich kannte meinen Bruder überhaupt nicht, wir waren kleine Kinder, als wir getrennt wurden und seitdem hatten wir uns nie mehr gesehen, geschweige etwas voneinander gehört, mein erster Mann hatte versucht eine Adresse von meinem Bruder herauszubekommen, mein zweiter Mann versuchte über das Internet etwas herausfinden, er hat verschiedene Klöster in Regensburg angeschrieben, aber von niemandem bekamen wir eine Auskunft, eben wegen dem Datenschutzgesetz.

Jetzt weil mein Bruder gestorben war, erinnern sich die Behörden, dass mein Bruder eine Schwester hatte, die für die Kosten für seine Beerdigung aufkommen könnte, das schlägt dem Fass den Boden aus, ich war, stinke sauer, ich konnte mich überhaupt nicht mehr beruhigen.

Mein Mann versuchte mich zu beruhigen und meinte: „Wir rufen morgen früh, als Erstes das Beerdigungsinstitut an und wenn wir dort nichts erreichen, das zuständige Ordnungsamt und wenn das nicht hilft, dann haben wir noch eine Rechtsschutzversicherung, dann suchen wir einen guten Rechtsanwalt, der für diese Angelegenheit zuständig ist und weiß was er zu tun hat." So richtig konnte mich das nicht beruhigen.

Gleich am nächsten Morgen rief ich das Beerdigungsinstitut an, sie fanden zwar die Geschichte traurig, aber ihnen war es völlig egal, ob ich meinen Bruder kannte oder nicht: „Ich solle mich um die Beerdigung kümmern und bezahlen und wenn ich sie in Raten bezahle." Das war für mich der nächste Schock, ich hätte heulen können vor Wut, ich dachte mir, hört denn das nie mehr auf.

Ich erklärte ihnen, was die Sachlage in meiner Familie war, das ich meinen Bruder, ab dem dritten Lebensjahr nie mehr gesehen habe und deswegen sollen sie mit ihm machen, was sie wollen, sie sollen ihn in ein sogenanntes Armengrab stecken.

Der Mann am Telefon meinte, dann solle ich
mich noch im Ordnungsamt melden und dieser
Sachbearbeiterin erklären was Sache ist, das ich
für die Beerdigungskosten nicht aufkommen will.

 Eigentlich hatte ich so richtig die Schnauze voll,
aber ich rief danach das Ordnungsamt an und
erklärte, was meine Sachlage war. Aber die liebe
gute Frau erklärte mir, auch wenn das so ein
seltsamer trauriger Fall wäre und ich meinen
Bruder nicht gekannt hatte, bin ich ein direkter
Verwandter, ich müsste trotzdem für die
Beerdigungskosten und für die Kosten der
Wohnungsauflösung aufkommen, auch wenn ich
nur eine geringe Rente habe, dann kann ich alles
in kleinen Raten abbezahlen. Egal, ich komme nie
davon, ich muss zahlen. Jetzt war ich kurz vor
dem Explodieren.

 Daraufhin suchten wir einen Anwalt und fanden
eine Anwältin, die uns erklärte, das sie uns
beraten könnte, aber die Angelegenheit müssten
wir aus eigener Tasche bezahlen und das wäre
genauso viel, als die Beerdigungskosten selbst und
das wir keine große Chance hätten, von den
Kosten erlöst zu werden, wir könnten nur darauf
hoffen, das sich die Stadt auf einen Härtefall
einlässt, weil ich meine Familie nicht kannte und
weil ich nur eine kleine Rente habe, es wäre von

einem großen Vorteil, da ich meinen Bruder nicht kannte und ich nicht genau weiß, was er genau besaß, er könnte auch Schulden haben, sehr schnell das Erbe beim Nachlassgericht auszuschlagen, das können wir auf dem Gericht in Augsburg machen, meine Kinder und Enkelkinder müssten das auch tun.

Ich dachte mir daraufhin, geht das ganze Theater wieder von vorne an, das hatte ich doch schon alles hinter mir, als mein Vater dieser alte Drecksack starb, der auch an dieser Sachlage große Schuld trägt, wer sonst.

Das war für uns wieder ein neuer Tiefschlag, jahrelang zahlt man in die Rechtsschutzversicherung ein und wenn man sie einmal bräuchte, dann heißt es, das sie für eine sogenannte Familienangelegenheit nicht aufkommen würde.

Nur was habe ich für eine Familie, diesmal war wieder mein Vater allein schuld, hätte ich meinen Bruder gekannt, dann wäre alles ganz anders verlaufen, notfalls wäre ich unter diesen Umständen für die Kosten aufgekommen oder es wäre alles besser geplant worden, aber so wusste man voneinander nichts und ich wurde wieder mal vor vollendete Tatsachen gestellt, ich solle einfach alles bezahlen und ich wollte nicht, das mein Mann für meine blöde Familie aufkommt.

Ich rief dann noch einmal beim Ordnungsamt an und besorgte mir die genaue Adresse von meinem Bruder. Mein Mann und ich beschlossen, das wir am darauffolgenden Wochenende einen Ausflug nach Schwandorf machen und versuchen werden, über meinen großen Bruder Georg etwas herauszubekommen und uns anschauen wollen wie mein Bruder Georg gelebt hat.

Am darauffolgenden Sonntag nahmen wir unseren Hund mit und fuhren los nach Schwandorf, schon unter der Fahrt hatte ich kein gutes Gefühl, das ich mir keine großen Hoffnungen machen brauchte, etwas Erben zu können.

So war es auch, als wir an der Adresse ankamen, erschraken wir, das, was wir zu sehen bekamen, wollten wir erst nicht glauben, das Haus sah schrecklich aus, wir hätten uns nie vorstellen können, in so einer Bruchbude leben zu können. Aber trotzdem nahmen wir uns vor, ein paar Bewohner über Georg zu befragen und wir hatten Glück, wir konnten Georgs besten Freund und seine Frau befragen.

Wir wurden sehr freundlich empfangen und wurden auf eine Tasse Kaffee eingeladen. Das Ehepaar erzählte uns sehr viel über Georg, wie er sein Leben verbrachte, was er arbeitete und was er sonst getan hatte. Sie zeigten uns einige Bilder von ihm, er war sehr übergewichtig, deswegen die hohen Kosten seiner Beerdigung, denn er benötigte eine Übergröße für den Sarg. Die Beerdigungskosten beliefen sich immer hin auf zweitausendsiebenhundert Euro und es kämen noch für die Wohnungsauflösung noch Tausend Euro dazu, das wäre schon eine horrende Summe für uns, besonders für meine kleine Rente, wie sollte ich das bezahlen. Sein Freund kümmerte sich damals um Georgs Beerdigung, er hatte auch sonst sehr viel für ihn getan, das war sehr nett von ihm.

So wie sein Freund uns erzählte, erging es Georg nicht anders, wie mir, er wurde genauso allein gelassen, er wurde in ein Kloster gesteckt, er bekam genauso viele Schläge, er wurde nach der Schule, von einem Schlachtbetrieb abgeholt und musste dort, als eine Hilfskraft arbeiten, er wurde nicht gefragt, ob er diese Arbeit machen möchte, er musste einfach das tun, was ihm befohlen wurde. Er konnte sich keinen Lehrbetrieb und

Beruf heraussuchen, diese Gemeinheit machte mein Bruder genauso durch.

Er hatte keine Frau und keine Kinder, das war uns eigentlich schon vorher klar, dann hätte sich das Ordnungsamt nicht an uns gewandt, somit wären die Kinder und seine Frau dran gewesen. Die Wohnung von Georg war furchtbar, wir durften die Wohnung nicht betreten, denn sie war versiegelt, die Bilder von seinem Freund reichten uns, sie sah furchtbar aus und sie hatte einen Schimmelbefall. So wie Georg gelebt hat, konnte man sich das, als normaler Bürger gar nicht vorstellen, aber wahrscheinlich konnte er nicht anders. Sein Leben hat genauso, unser Vater und ein Kloster versaut.

Er hatte sehr lange in diesem Schlachtbetrieb gearbeitet und war bestimmt mit seinem Beruf nicht zufrieden, er konnte vielleicht diese Arbeit nicht mehr ertragen, jeden Tag Tiere töten. Vielleicht kam er aus diesem Sumpf nicht mehr heraus, er war in einem Lebenskreislauf gefangen.

Die letzten Jahre lebte er nur noch von Sozialhilfe, er fand einfach nicht mehr die richtige Arbeit. Er trank viel Alkohol und aß sehr viel und dann wurde er an der Niere krank, aber er wollte sich nicht helfen lassen.

Er kam in ein Krankenhaus in Schwandorf, in dem er anschließend an einem Nierenversagen starb, er starb sehr arm und traurig, er hatte nie viele Freunde, er kannte nur einen Freund, mit dem wir reden durften, er besaß nie ein Auto, von Anfang an, konnte er nie in einer richtigen Familie leben, er besaß sehr wahrscheinlich auch nicht die Möglichkeit eine eigene Familie aufzubauen, nicht einmal seine Geschwister hatte er gekannt.

Warum war das alles so, nur weil es einen Vater gab, der seine Kinder einzeln in ein Kloster verbannte und nicht an die schwerwiegenden Folgen dachte, die wir Kinder zu tragen hatten und erleiden mussten. Als ich das alles sah und hörte, musste ich eigentlich zufrieden sein, denn Georgs schreckliche Folgen waren, noch viel schlimmer als meine, er bekam sehr wahrscheinlich sein Leben überhaupt nicht im Griff.

Sein Freund erzählte weiter, was Georg alles ihm verraten hatte und das schockierte mich, Georg hätte ihm erzählt, das er außer Monika und mich noch weitere zehn Geschwister besäße. Mir wurde einmal erzählt, dass angeblich mein Vater noch einmal geheiratet hätte und weitere Kinder bekam, aber weitere zehn Geschwister, das konnte ich fast nicht glauben, aber unmöglich wäre das nicht.

Er erzählte weiter, dass mein Vater angeblich
gleich nach dem Tod meiner Mutter eine Frau
kennenlernte, die er dann später heiratete,
deswegen mussten wir drei Kinder in ein Kloster,
weil wir für die neue Familie im Weg waren. Die
neue Familie bekam wieder einige Kinder, was
aus der Familie später wurde, hatte er keine blasse
Ahnung.

Angeblich hatte mein Vater später noch einmal
eine andere Frau und die Kinder der zweiten
Familie wurden, wie wir, in ein Kloster verbannt,
die neue Familie bekam wieder einige Kinder.
Was aus dieser Familie wurde, wusste er nicht,
denn dieser gemeine Drecksack starb ganz alleine
in München, was ihm eigentlich recht geschah, ich
hatte kein bisschen Mitleid mit ihm, im Gegenteil
ich hasste ihn, für das was er mir und meinen
Geschwistern angetan hatte.

Wir konnten von Georgs Freund eine Menge
erfahren, aber ob die ganze Geschichte von den
zehn Geschwistern stimmte, das konnte er mir
nicht bestätigen. Er wollte nur behaupten, dass
Georg sich sehr sicher war, dass es die Wahrheit
ist. Der Freund berichtete uns noch zum
Abschluss, das er dem Ordnungsamt gemeldet hat,
das es noch weitere zehn Geschwister geben
müsste und sie das vermerkt und notiert haben.

Nur als ich mit dem Ordnungsamt telefonierte, hatte mir niemand berichtet, das sie nach weiteren Geschwistern suchen werden. Ich merkte mir das und ich wusste jetzt, was ich bei dem nächsten Telefonat fragen musste. Wir verabschiedeten uns vom Georgs Freund und seiner Frau, wir waren sehr froh, über diese vielen Informationen die wir von ihnen bekamen.

Der Tag war noch lang, darum fuhren wir noch über die tschechische Grenze und kauften etwas ein. Später beim Mittagessen und danach bei einer Tasse Kaffee, hatten wir sehr viel zu besprechen, was für weitere Schritte wir unternehmen müssen und vor allem, das die zehn Geschwister gefunden werden. Es gab bei uns nur noch ein Thema und das war Georg, die zehn Geschwister und die Ämter.

Ich rief am Montag im Ordnungsamt in Schwandorf an und berichtete von unserem Besuch und was Georgs Freund uns erzählte. Das Ordnungsamt wusste von den weiteren Geschwistern und berichteten mir, das die Suche nach diesen Geschwistern an das Nachlassgericht weitergereicht wurde, ich müsste daraufhin dort anrufen und mich erkundigen.

Das nervte vielleicht, danach rief ich das Nachlassgericht an und sie versprachen, das sie alles dafür tun werden, alle meine Geschwister zu finden. Meine Schwester Monika hätten sie gefunden und angeschrieben, ihre Betreuerin hatte zurückgeschrieben, dass sie sich an den Beerdigungskosten nicht beteiligen könnte. Ich dachte mir schon lange, das dies zu erwarten war.

Aber ich sollte noch weitere zehn Stiefgeschwister haben, die sich an den Kosten beteiligen müssten, wenn sie nur drei oder vier ausfindig machen würden, dann wäre mir sehr geholfen oder einer nimmt die Erbschaft an, dann wäre ich total aus der Geschichte heraus, aber das würde sich mit Sicherheit kein normaler Mensch antun.

Ich rief regelmäßig bei den Ämtern an und es kam natürlich nichts dabei heraus, ich bekam mit der Zeit, das dumme Gefühl, das in dem Amt in meiner Sache nichts vorwärtsging.

Was mich stutzig machte, jedes Mal, wenn ich den Hörer in die Hand nahm und anrief, war eine andere Sachbearbeiterin oder Sachbearbeiter dran. Es wurden immer nur leere Versprechungen gemacht, aber einen Brief mit Unterlagen, bekam ich zugeschickt, diese sollte ich schnell auszufüllen und zurückschicken, sie wollten meine finanziellen Verhältnisse und die von meinem Mann wissen, in diesem Fall war das Ordnungsamt schnell. Somit war auch klar, was das Amt vorhatte und was sie von uns wollten, nur das eine unser Geld.

Ich machte nur eine Angabe über meine kleine Rente, denn ich sagte mir, was mein Mann verdient und besitzt, das geht dem Amt gar nichts an. Ich sagte mir in diesem Fall, sie sollten ihre Aufgabe richtig erledigen und meine Geschwister ausfindig machen.

Nach ein paar Monaten hinhalten, ging ich doch zum Nachlassgericht unserer Stadt und schlug das Erbe aus.

Ich dachte mir, wenn das so lange dauert, dann gehe ich lieber auf Nummer sicher und mache Nägel mit Köpfe, damit mir nichts Unerwartetes passieren kann und ich doch noch vielleicht unerwartete Schulden von meinem Bruder bezahlen muss. Das Nachlassgericht wollte dann die Adressen von meinen Kindern und Enkelkindern, sie wurden daraufhin von ihnen angeschrieben und sie konnten sich an ihr zuständiges Nachlassgericht wenden, um das Erbe auszuschlagen, was alle natürlich sehr schnell hinter sich brachten.

Was mich an dieser Sache ungemein störte, selbst meine Kinder und Enkelkinder wurden in die Angelegenheit mit hineingezogen, obwohl es ihnen gar nichts anging und sie nichts dafür konnten. Das hätte es nicht gebraucht, wenn ein Mann sich vor langer Zeit anders verhalten und an seine Kinder gedacht hätte.

Diese Geschichte zog sich noch eine Ewigkeit hin, alle paar Wochen rief ich in Schwandorf an, telefonierte mit dem Ordnungsamt und danach mit dem Nachlassgericht, es war zum Verzweifeln, ich bekam das Gefühl, das nichts vorwärtsging und das ihnen meine Angelegenheit irgendwie egal war.

Nach einem guten dreiviertel Jahr warten und hoffen, dass sie doch ein paar Geschwister finden, rief ich im Nachlassgericht an und erkundigte mich, nach dem neuesten Stand, es war mal wieder ein neuer Sachbearbeiter dran und der sagte eiskalt zu mir, das in meinem Fall, noch gar nichts unternommen worden ist, das sie wegen zweitausendsiebenhundert Euro Beerdigungskosten, das kein Erbe ist, keine aufwendige Suche veranlassen werden, das ist für sie nicht rentabel.

Danach schockte er mich weiter: „Ich solle froh sein, dass ich das Erbe mit meinem Verwandten ausgeschlagen habe, denn mein Bruder hatte angeblich dreißigtausend Euro Schulden und ich solle mich beim Ordnungsamt melden."

Was ich da zu hören bekam, das war der absolute Hammer, haben die mich einfach hingehalten und sie hatten nie etwas unternommen, um meine Geschwister zu finden. Denn sie hatten eine Person, die alles bezahlen muss und das war natürlich ich.

Ich fragte mich daraufhin, warum hatte mein Bruder so hohe Schulden, denn er hatte sich nichts Großartiges angeschafft, er besaß keine großen Wertgegenstände. Aber das konnte mir jetzt egal sein. Vielleicht revanchiert sich mein Bruder bei seinem Vater für sein tolles Leben? Hoffentlich zeigt er ihm, was für ein Scheißkerl er war und hoffentlich lässt Georg ihn anständig durch, dass er von seiner Wolke herunterfällt und von mir soll er auch noch einen kräftigen und harten Gruß mitgeben, den er nie mehr vergessen würde. Das hätte unser gewissenloser Vater mehr, als verdient.

Ich meldete mich beim Ordnungsamt in
Schwandorf, ich wusste, was auf mich zukommen
würde, ich muss die Beerdigungskosten zahlen,
nach einem langen Gespräch einigten wir uns, das
ich die Kosten mit fünfzig Euro im Monat
abstottern kann, weniger genehmigten sie nicht,
obwohl ich nur eine kleine Rente erhalte, die
Begründung war: „Ich bin verheiratet und habe
einen Mann, der noch seiner Arbeit nach geht,
darum muss ich diese Rate jeden Monat
begleichen." Was ich an der Sache aber positiv
fand, das ich für die Wohnungsauflösung nicht
aufkommen musste.

Sie schickten mir noch einen Brief mit ihren
Kontodaten und einen genauen Finanzierungsplan
und verlangen für das abzahlen noch gesalzene
Zinsen, das fand ich ganz schön unverschämt.
Aber was sollte ich machen, ich hatte das Geld
nicht. Ich musste daraufhin einen Dauerauftrag
einrichten und habe dann jeden Monat 50 Euro
weniger zur Verfügung.

Als ich das erste Mal, auf meinem Auszugsschein
schaute und erblickte, dass die fünfzig Euro
abgebucht waren, kam in mir eine große Wut auf
meinem Vater hoch, denn ich gab nicht meinem
Bruder die Schuld, dass ich, das abbezahlen

musste, denn auch er war nur ein Opfer von unserem Vater.

Ich dachte mir in diesem Moment, was ist, wenn Monika vor mir stirbt, kann ich dann wieder meinen Geldbeutel aufmachen und auch diese Beerdigung zahlen? Wenn das so wäre, dann bliebe von meinem Geld nicht mehr viel übrig, das darf nicht auch noch vorkommen?

Kapitel 12

Die Zusammenfassung

Die Zusammenfassung meines Lebens ist auf ein Ereignis ausgerichtet, ein Tag in meinem sehr jungen Dasein, hat mein ganzes Leben geprägt, die schwerwiegende Folgen ziehen sich wie ein Faden durch mein ganzes Leben, auch für meinen Bruder Georg war es nicht anders. Auch für meine Schwester Monika wäre das ganze Leben anders verlaufen, vielleicht wäre sie nie in ein Heim gekommen und bräuchte keine Betreuerin. Aber die verhängnisvolle Tat, von unserem Vater hat uns alle sehr getroffen, wir wurden alle allein gelassen und die Folgen mussten wir alle zusammen ausbaden, bis heute.

Dieses strenge, katholische Kloster war das gemeinste, was uns Vater angetan hat und dazu noch, uns drei Kinder voneinander trennen.

Warum musste das sein, hat er damals nicht einmal überlegt, was das für uns bedeutet und was mit uns daraufhin passiert, was das für unser ganzes Leben bedeutet, er muss total Gewissenlos gewesen sein, anders kann ich mir das nicht vorstellen, das alles frage ich mich heute noch?

Wenn er uns schon abschieben wollte, warum
versuchte er es nicht auf eine andere Art. Aber ich
hatte den Eindruck, er wollte uns nur schnell
abschieben, damit er zu einer anderen Frau und
mit ihr weitere Kinder in die Welt setzen konnte,
deswegen reichte ihm anscheinend ein Kloster
nicht, es mussten drei sein?

 Warum versuchte er nicht eine Adoption,
vielleicht wären wir alle drei zu einer netten
Familie gekommen oder zusammen in ein
normales Heim, dort wäre es vielleicht nicht ganz
so streng gewesen und wir hätten vielleicht in eine
höhere Schule wechseln können und eine
Berufsausbildung nach unserer Wahl machen
können. Wenn er richtig überlegt hätte, dann wäre
ihm doch das alles klar gewesen, aber das war ihm
anscheinend scheiß egal, wir mussten nur schnell
aus seinem Leben verschwinden, damit er ein
neues Leben beginnen konnte, aber ohne seine
eigenen Kinder. Waren wir für ihn, nur ein Stück
Vieh, das man uns so einfach wegschmeißt?

 Meine Kindheit im Kloster hat mein ganzes
Leben versaut, es fängt schon damit an, das ich
ständig Prügel bekam, bis ich in einem Ohr ein
Loch erhielt, unter dieser Verletzung leide ich
heute noch, ich muss beim Schwimmen sehr
aufpassen, ich darf nicht schnorcheln und schon

gar nicht tauchen. Bei einem großen Höhenunterschied bekomme ich öfters Ohrenschmerzen und das habe ich einer alten Klosterschwester zu verdanken.

Die massiven Beschimpfungen waren kaum zu ertragen, nichts hatten sie uns gelernt, nicht einmal für das Leben, außerhalb des Klosters. Ich war nur eine Gefangene, das ich keine Fußfesseln tragen musste, das war schon alles. Aber eigentlich war ich die Geschädigte, ich wurde meiner gesamten Kindheit beraubt, dafür müsste das Kloster und mein Vater bestraft werden. Wenn ich das könnte, würde ich keine Gnade kennen.

Das Klosterleben ist nichts für Weicheier, die Kinder müssen sehr viel aushalten und ertragen können, die Schwestern machten es sich sehr einfach mit uns Kinder, denn wir konnten nicht weglaufen. Nur beten und arbeiten sonst kannten wir Kinder nichts, das war die Erziehung eines Klosters.

Jedes Kind in diesem Kloster war ein Einzelkämpfer, nur ein paar Freundschaften innerhalb des alten Gemäuers, das war alles, ich kannte niemand, der mir half oder mich unterstützte, welches Kind konnte sich schon bei den Schwestern durchsetzen, so führten sie sich auch auf, diese bösen Weiber, waren die Chefinnen des Klosters.

Selbst heute, wenn mir solche Klosterschwestern begegnen und diese so eine ähnliche Klostertracht tragen, habe ich ein komisches Gefühl, irgendwie habe ich vor ihnen immer noch Angst und ich gehe ihnen aus dem Weg, wenn es sein muss auf die andere Straßenseite, ich kann sie nicht mehr ertragen, genauso mag ich auch keine Kirche mehr betreten, nur wenn es unbedingt sein muss. Das, was ich als kleines Kind erlebt habe, hat mit einem christlichen Glauben nichts zu tun. Ich glaube sehr an Gott, aber irgendwie hadere ich mit meiner Vergangenheit und daran ist die Kirche, ein Kloster mit einem großen Teil beteiligt.

Wir waren Kinder und wollten auch mal wie andere Kinder spielen. Wir konnten nie unserer Fantasie freien Lauf lassen und das Spielen, was wir uns schon lange wünschten, wir durften nie einem Hobby nachgehen oder in einem Sportverein beitreten.

Jede Fantasie, die wir hatten und umsetzen wollten, wurde im Keim erstickt, oft bekamen wir dafür eine Strafe, wir mussten das tun, was die Schwestern verlangten, das war unsere Freizeit, die wir von ihnen aufgedrückt bekamen. Sie sagten zu uns, das hat Gott so gewollt, das kann ich nicht glauben, das hatten schon die Klosterschwestern so gewollt. Sie wollten nur keine unnötige Arbeit mit uns haben.

Wir Kinder waren ihnen nur lästig, weil sie auf uns aufpassen mussten. Mit uns etwas unternehmen, das war ihnen zu viel. Aber uns eine extra Arbeit, wie zum Beispiel eine Gartenarbeit oder in der Küche helfen, da waren wir gut genug. Sie schafften es, das wir jegliche Freude am Leben verloren, in dieser Richtung gaben sich die angeblich sehr christlichen Schwestern größte Mühe.

Trostlosigkeit in der Kirche war angesagt, wir hatten Depressionen, weil wir nicht das tun konnten, was uns gefiel. Wir hatten kaum eine Möglichkeit zusammen zu spielen. Aber, das wir ein paar Mal am Tag in die Kirche gehen mussten, das war ihnen wichtig, natürlich war ihnen das wichtig, da hatten sie uns unter Kontrolle und sie hatten mit uns keine Arbeit. Mir ist im weiteren

Leben nichts Herzloseres über den Weg gelaufen, als diese Klosterschwestern.

Das, was ich in diesem Kloster bekam, kann man keine Kindererziehung nennen, sie hatten für unsere Schule überhaupt nichts getan, wir waren auf uns alleine gestellt. Sie setzten sich nie zu uns und halfen bei schwierigen Hausaufgaben. Für eine Berufsausbildung hatten sie gar nichts am Hut, im Gegenteil, sie schickten uns in die saublöde Haushaltsschule.

Diese blöden Klosterschwestern hatten noch nie etwas davon gehört, dass es ein Mitspracherecht gibt, ich wollte keine Haushaltsschule, Kinderkrankenschwester wollte ich werden. Damit war eigentlich schon mein ganzes Leben total versaut.

Mein Bruder Georg musste das Gleiche erleiden, nur auf eine andere Art und Weise. Uns wurde alles aufgezwungen, ob wir wollten oder nicht, wir hatten absolut keine Wahl. Mein Vater und die Kirche hat mir meine Zukunft total verbaut und wie ich von seinem Freund hörte, auch die von meinem Bruder.

Was hatte für uns das Kloster schon getan, nur uns groß gezogen, sonst nichts, sie hatte uns nichts gelehrt, außer beten, aber nicht auf ein Leben, als erwachsener Mensch vorbereitet, nicht einmal aufgeklärt, das darf doch nicht wahr sein, so etwas darf nicht vorkommen, eine Kirche entlässt uns in das Leben total unvorbereitet.

Meine Freundinnen und ich, wir waren, als wir entlassen wurden, total weltfremd, wir kannten uns überhaupt nirgends aus, wir wussten nicht einmal, wie Geld aussah, was ein Konto war oder eine Versicherung und für was es eine Krankenkasse gab.

Aber kaum zu glauben, die Haushaltsschule war kein bisschen besser, warum auch, wir wurden direkt vom Kloster dorthin gesteckt. Wir konnten uns zwar frei bewegen, aber für ein Leben draußen in der Gesellschaft, lernten wir überhaupt nichts.

Danach wurde ich in das blöde Hotel gesteckt und dort war ich die Sklavin der Chefin, wäre ich nicht geflohen, wer weiß, wie lange ich dort noch hätte schuften müssen und ohne ein Gehalt zu bekommen.

Schon nach diesem langen Werdegang, sieht man, was eine gemeine Tat von meinem Vater für schwerwiegende Folgen hatte, das Kloster hatte nur noch das Kraut vollkommen ausgeschöpft und mich tiefer hineingezogen. Ich kann es heute noch nicht verstehen, was hat meinem Vater damals bewogen, mir so etwas Schreckliches anzutun, wir Kinder hatten ihm doch nichts getan.

Diese vielen schlimmen Erinnerungen verfolgen mich heute noch, ich werde sie nie aus meinem Leben streichen können, aber umso mehr schätze ich heute schöne Erlebnisse. Aber mein Vater gab keine Ruhe, ich sollte seine Beerdigung zahlen, ein paar Jahre später starb mein Bruder, wieder war ich gefragt.

Ich möchte behaupten, das hat alles mit meinem Vater zu tun, denn wären wir Kinder zusammen aufgewachsen, mit unserem Vater und meinen Geschwistern, wäre dieses schwerwiegende Ereignis, erst gar nicht entstanden? Wir Kinder hätten einen Beruf erlernen können, vor allem, den hätte jeder Einzelne selbst heraussuchen können.

Das Problem mit den Beerdigungskosten, wäre darum auch nicht aufgekommen, denn wir hätten uns alle gekannt und wären dafür aufgekommen. Wir wären eine Familie gewesen!

Mein Vater trägt vor allem die schlimmste Schuld, wir sind allein aufgewachsen, wir Kinder durften uns nie mehr sehen, bis zum heutigen Tag, für dieses Verbrechen müsste mein Vater die Höchststrafe bekommen. Und für unser versautes Leben sollte er für immer in der Hölle schmoren, der Teufel sollte ihn nie mehr herauslassen. Das hätte er mit Sicherheit verdient.

Wenn ich im Radio oder im Fernsehen eine Nachricht höre, das ein Baby einfach ausgesetzt wurde, denke ich sofort an meine Vergangenheit, meine Schwester, mein Bruder und ich, wir wurden auch einfach allein gelassen, ich möchte es gar nicht wissen, wie oft, das in der gesamten Welt vorkommt, wie viele Kinder einfach allein gelassen werden? Ich finde, so etwas darf nicht vorkommen, wie kann man das seinem eigenen Kind antun, das Kind leidet unter Umständen sein ganzes Leben lang, an den schwerwiegenden Folgen?

Darum behaupte ich, wenn die Mutter oder der Vater einfach sein Kind aussetzt oder einfach abschiebt in ein Heim oder in ein Kloster steckt, das, ist das gemeinste und dreckigste, was sie tun können, das ist verantwortungslos, haben diese Leute kein Herz, haben sie keinen Funken Gewissen, ihr Kind einfach allein lassen, einfach in ihrem kleinen Leben zurücklassen, ein kleiner Mensch, der noch gar nicht weiß, wo es lang geht, der eine große Hilfe benötigt? Nur woher soll es die nötige Hilfe bekommen, denn dieses Kind steht ab diesem Zeitpunkt völlig allein im Leben, hilflos, allein gelassen!